Jenny Anastan

Resta Con Me

A mia Zia Danila, il mio angelo.

A mio marito, l'amore della mia vita.
A mio figlio, il mio cuore.
Ai miei genitori, a cui devo tutto.

Ad Alessandra,
l'amica che ho la fortuna di avere a mio fianco da sempre,
sei mia sorella.

A Carmen, per avermi spronato.
Grazie Cara.

Prologo.

Strinsi gli occhi respirando profondamente.

"Non sta accadendo, non è vero, ora mi sveglio e scopro che è stato tutto un brutto sogno".

Quando però, le mie palpebre si riaprirono, la realtà, quella che stavo cercando di negare a me stessa, era lì di fronte a me e mi guardava con una freddezza disarmante. Travolgendo e spazzando via l'ultimo anno della mia vita.

La nostra.

L'anno che sapevo non essere stato perfetto, ma che comunque credevo, o meglio speravo, avesse lasciato a entrambi qualcosa d'importante.

E lo aveva fatto.

I suoi occhi stavano perforando la mia anima, straziandola e lasciandola in pezzi.

Mi chiesi come potesse non capire ciò che provavo per lui e, non accorgersi dell'amore incondizionato che ormai sentivo nei suoi confronti. Persino un cieco avrebbe percepito l'essenza più pura del sentimento che nutrivo.

Era così semplice leggermi dentro, ero un libro aperto per chiunque, ma lui non si sforzava neppure di farlo. Non gl'interessava capire chi io fossi veramente.

In quel momento se ne stava lì, bello come il primo giorno in cui avevo posato gli occhi su di lui, come la prima vol-

5

ta che si era rivolto a me sorridendo. Quel sorriso che gli faceva ottenere sempre tutto ciò che anelava, compresa me.

L'abito d'alta sartoria scendeva morbido sul suo corpo, i bottoni della giacca slacciati lasciavano intravedere il suo busto muscoloso risaltato da una camicia perfettamente stirata.

I suoi occhi grigi mi fissavano imperscrutabili. Era sempre stato bravo a schermarsi dietro quello sguardo freddo come il ghiaccio, riusciva a non far mai trapelare nulla di se stesso, o di ciò che provava. E lo fece anche il quel momento, mi parlò con una calma snervante, con una tranquillità che avrebbe urtato i nervi anche a un monaco tibetano. Mi domandai come potesse chiudere con me con tanta facilità, come se fossi una scritta su una lavagna che svanisce con un rapido colpo di cancellino.

Davvero in un anno non gli avevo lasciato nulla? Ero così poco interessante?

Le sue parole rimbombarono nelle mie orecchie: "Torno a New York".

Sapevo che se ne sarebbe andato, ma ogni volta che quel pensiero sfiorava la mia mente io cercavo di non farci caso, di godere di quel poco che mi concedeva. Ma non potevo più far finta di nulla.

L'ora era giunta.

Alzai piano lo sguardo e vidi le sue labbra muoversi, stava parlando, probabilmente non aveva mai smesso, ma io non udivo nessun suono.

Non da quando avevo sentito il mio cuore spezzarsi, un rumore che non avrei mai scordato. Un dolore che mi sarei portata dentro per sempre.

Per sempre.

Avrei voluto alzarmi dalla poltrona e correre ad abbracciarlo, per chiedergli di non lasciarmi, di restare con me.

"Resta con me". Era ciò che il mio cuore urlava.

Ma non dissi né feci nulla, strinsi solo più forte i pugni già aggrappati ai cuscini, come se quell'appiglio fosse l'unico modo per non cadere nel buio. E cercai di controllare il respiro, perché sentivo crescere dentro di me qualcosa che conoscevo bene: il panico.

Non potevo permettere a una crisi d'ansia di sconvolgermi, ero già sull'orlo del baratro, un attacco in quel momento mi avrebbe spinto giù e difficilmente sarei riuscita a rialzarmi.

Ripensai alle parole del dottore, per calmare il battito cardiaco.

"Ce la puoi fare Zoe, tu sei forte, il panico non vincerà su di te."

Che stupida, sapevo che sarebbe finita così, perché lui era troppo per me, e io non ero nessuno per lui.

Eppure come una sciocca avevo sperato che le cose potessero cambiare, avevo desiderato con tutta me stessa che in quei mesi insieme si fosse un po' affezionato a me. Mi dicevo che magari con il tempo avrebbe potuto vedermi veramente, guardarmi anche solo una volta come io facevo con lui ogni giorno.

Ogni dannatissimo giorno.

E non essere solo un'amica di letto.

«Hai capito ciò che ho detto?»

Quasi sobbalzai nell'udire la sua voce così distaccata, il tono glaciale, parlava come se stesse concludendo uno dei suoi affari. Mi trattava come se fossi solo una cosa da sbrigare in fretta.

Annuii, non riuscendo a fiatare. L'aria era bloccata in gola e la lingua annodata.

«Zoe? Mi stai ascoltando?» Insistette lui.

Feci cenno di sì con la testa.

«Allora parla dannazione, non comportarti come una bambina!» Sbottò contrariato dal mio atteggiamento. «Sapevi che un giorno sarebbe successo, e io non ti ho mai promesso nulla di più di ciò che ti ho dato.»

«Lo so.» Riuscii infine a pronunciare, con non poca fatica. Stava dicendo la verità, ma solo Dio sapeva quanto mi ero illusa che le cose potessero cambiare. Assottigliai lo sguardo per osservarlo meglio, per controllare ogni suo movimento. Volevo trovare un cedimento, una qualsiasi cosa che mi facesse capire che non ero stata solo un passatempo, che le sue parole erano solo... parole.

Ma niente, non un'esitazione o un'incertezza.

«Ero stato chiaro all'inizio di questa nostra relazione. Solo sesso.»

Solo sesso. Niente sentimenti, l'amore complica tutto.

Quante volte lo aveva ripetuto nei primi mesi? Tante, forse troppe. Ma poi aveva smesso e io erroneamente avevo creduto che qualcosa in lui fosse mutato. Che forse il suo cuore si stesse legando al mio.

Mi sbagliavo.

«È tutto?» Gli domandai con la speranza che se ne andasse dal mio appartamento, lasciandomi sola. Alla fine non era lì per quello?

«Possiamo restare amici Zoe, se avrai bisogno di me…»

Alzai la mano per fermare qualsiasi cosa stesse per uscire dalla sua bocca, non volevo sentire altro.

Non lo avrei tollerato.

La parola amici all'inizio della frase era già un'eresia. Noi non saremmo mai stati amici, come poteva succedere una cosa del genere, come può una donna restare in contatto con l'uomo che ama e che, inconsciamente, le sta spezzando il cuore? Come?

«Non ti devi preoccupare Andrew, è tutto a posto.» Mentii spudoratamente, ma lui non se ne accorse. O finse di non farlo.

«Bene. Io torno a New York tra due giorni.»

«Quindi, qui il tuo lavoro è finito?» Domandai con un filo di voce.

«Sì, l'acquisizione e la riorganizzazione dell'azienda è stata più veloce del previsto. E ora posso lasciare tutto in mano ai miei collaboratori.» M'informò serio.

Questo significava che non sarebbe più tornato. Non lo avrei più rivisto…

La mia effimera bolla di felicità mi era scoppiata proprio in faccia.

Cercai di recuperare tutte le forze che avevo, sperando che le gambe non cedessero, mentre lentamente mi tirai in piedi per avvicinarmi a lui.

Il timore di svenirgli davanti era forte, non avrei permesso che mi vedesse priva di tutte le mie difese, o che capisse quanto fosse forte il dolore che provavo.

In fondo ero io l'artefice del mio male, io avevo concesso a lui di entrarmi così in profondità, solo io gli avevo permesso di impossessarsi del mio cuore e impadronirsi della mia anima. Dovevo incolpare solo me stessa per le pene che stavo provando.

Mi era bastato intravedere un piccolo, minuscolo, insignificante spiraglio, per fiondarmi come una sprovveduta in una relazione a senso unico, aggrappandomi con le unghie all'illusione di un noi che non era mai esistito.

Tirando un sorriso che non mi apparteneva, lo fissai per un'ultima volta. «Andrew, devo prepararmi per andare a lavoro.»

«Mi stai cacciando? Speravo di poter avere un addio degno di questo nome.»

Non mi stupii di tanta franchezza, lui era così, il sesso veniva prima di tutto. Secondo solo al suo lavoro.

«Devo davvero andare, Andrew.» Dissi risoluta.

Le sue mani afferrarono la mia vita, attirandomi a sé e facendomi scontrare con il suo bacino.

«Andrew, devo…»

Mise un dito sulle mie labbra per farmi tacere «Dài piccola, so che mi vuoi ancora una volta.»

«Lasciami.» Sibilai piano, senza trovare il coraggio di guardarlo nuovamente negli occhi. Se mi fossi specchiata ancora in quelle nuvole in tempesta che erano le sue iridi, gli avrei concesso di prendermi lì, sul pavimento del mio monolocale e sbriciolare anche quella poca dignità che mi era rimasta. Sarei stata perduta.

Se avessi ceduto ai sentimenti, avrei perso tutto, e non me lo potevo permettere. Non più.

«Ti voglio Zoe… senti quello che fai al mio corpo?»

Certo che lo sentivo, ma non bastava.

Puntai i palmi delle mani sul suo petto e cercai di allontanarlo.

«Se volevi farti una scopata di addio, avresti dovuto farlo prima di lasciarmi.» Dissi lentamente.

«Lasciarti?» Il suo tono era stupefatto. «Noi non siamo mai stati insieme, Zoe. Il nostro era solo…»

«Sesso!» Sbottai concludendo per lui la frase. «Ho capito, non sono stupida. Ma ora non è neanche più quello!» Feci due passi indietro. «Non è più nulla... e io devo andare al lavoro.»

Rise, passandosi una mano tra i capelli corvini. «Sei una stupida! Ti avevo avvertito di non affezionarti a me.» Quello che uscì dalla sua bocca sembrava quasi un lamento.

«Non l'ho fatto!» "Io ti amo".

Non lo dissi, mi allontanai definitivamente da quel corpo che conoscevo a memoria, che perfettamente combaciava con il mio.

«Allora perché non ti lasci andare? Voglio sentirti venire sotto di me un'ultima volta.» Fece un passo verso di me. «Voglio scoparti fino a lasciarti senza fiato.»

La cadenza sensuale della sua voce mi fece accendere come un fiammifero. Sentivo ribollire il sangue nelle vene, le mani smaniose di perdersi tra i suoi capelli e poi, quella fitta di desiderio al basso ventre che si presentava ogni volta che lui mi guardava in un certo modo.

Questo era l'effetto che lui e le sue parole avevano su di me. Gli bastava uno sguardo o anche solo un sussurro, e io ero sua. Inesorabilmente e perdutamente sua. Era stato così dal primo istante. Dalla prima volta che mi aveva detto che mi voleva.

«Non lo farai. Io devo andare...»

«Come vuoi piccola, passerò stasera quando avrai finito, voglio lasciarti qualcosa che ti ricordi di me per sempre.» Sorrise, passando l'indice sulla mia guancia. Un contatto semplice, ma che mi mozzò il respiro.

Andrew non disse più nulla, mi voltò le spalle, lasciandomi finalmente sola.

Abbassai il capo, permettendo che una stilla solitaria viaggiasse per il mio volto troppo pallido e lasciai che uscisse da casa mia e dalla mia vita, senza dirgli che quella sera non ci sarei stata, perché non avrei sopportato di vederlo ancora. Il mio cuore non avrebbe retto nel dirgli addio, sarei andata in mille pezzi, senza avere poi la possibilità di essere riparata.

Ma non doveva aver paura, ci sarebbe stato qualcosa che mi avrebbe ricordato di lui per sempre.

Con la mano tremante accarezzai il mio ventre ancora piatto e sorrisi.

«Andrà tutto bene Mirtillo... ci pensa la mamma a te...»

1

Oggi.
San Francisco, giugno 2014.

La melodia della sveglia si diffuse per tutta la stanza. Mi allungai per dare un colpo secco a quel marchingegno che aveva interrotto un sogno splendido: io distesa al sole, con in mano un cocktail alla frutta. Nulla di più lontano dalla realtà, mi trovavo a San Francisco e se non volevo fare tardi, dovevo darmi una mossa. Aprii le imposte piano e come tutte le mattine, il sole era appena sorto. Lasciai che l'aria mattutina entrasse nella mia camera, frizzante e piacevole e respirai profondamente prima di dirigermi in bagno per prepararmi ad affrontare un'altra giornata.

Una volta che fui pulita e pronta, preparai la colazione: succo di arancia, uova strapazzate con il bacon e muffin ai mirtilli. Poi andai a svegliare la mia bambina: Olivia.

«Olly, amore, è pronta la colazione.» Dissi piano accarezzandole la testa.

«Mamma... *cionno*...»

«Lo so, ma devi andare all'asilo, dai su, pigrona!» Cercai di spronarla mentre aprivo le persiane per far entrare la luce nella cameretta. «Dai signorina, ti ho preparato le uova!»

«Come *piasciono* a me?»

«Sì, con il bacon bello croccante.»

Con uno scatto si tirò in piedi e corse verso la cucina strillando come un'indemoniata. Lei era così, un secondo prima dormiva, quello dopo invece era in giro per casa come un tornado. Sembrava una Ferrari, andava da uno a cento in due secondi.

Sistemai il letto e preparai il vestitino da farle indossare. Amava farlo lei, ma di mattina sarebbe stato improponibile rischiavamo di stare davanti all'armadio per un'ora.

La raggiunsi e le sedetti di fronte prendendo in mano un muffin e osservandola mangiare.

Un vero piacere per gli occhi.

Anche da neonata mangiava come se non ci fosse un domani, fortunatamente il latte non mi era mancato, se no avrei rischiato d'indebitarmi per quello in polvere. Lo svezzamento era andato piuttosto bene, non piangeva, accettava tutto ciò che le davo e ci mise poco a mangiare come me e devo dire che traevo un'enorme soddisfazione a cucinare per due.

«Mamma che c'è?» Domandò con la bocca piena.

«Nulla amore, continua a mangiare.» Risposi semplicemente, versando del caffè nella tazza.

Lei annuì e proseguì la sua colazione, gradendo ogni singolo boccone.

Uscimmo di casa che mancava poco alle otto. L'asilo era a due passi da dove abitavamo e prima di raggiungerlo passammo dalla caffetteria. La mia.

Ero riuscita, con non pochi sacrifici, ad aprire il mio piccolo sogno: una caffetteria con vendita di dolci. *Café for You*, l'avevo chiamato così, si trovava al piano inferiore del piccolo stabile che avevo acquistato, accendendo un mutuo con la banca, ma ogni sacrificio era stato ripagato.

Amavo la mia casa e adoravo il mio locale. Era esattamente come lo avevo sempre desiderato, accogliente e caldo. La gente poteva sentirsi a casa e, in poco tempo ero riuscita a crearmi il mio bel giro di clienti. Producevo su ordinazione piccoli dolci per ristoranti e feste private.

I miei Cupcakes erano molto apprezzati, questo era motivo di grande soddisfazione. Riuscivo a svegliarmi con il sorriso tutte le mattine sapendo che avrei fatto ciò che più amavo. La passione per i dolci l'avevo ereditata da mia madre; sin da quando ero bambina trascorrevamo i weekend a preparare ogni tipo di leccornia. E per fortuna che lei mi aveva insegnato molto, non avendo avuto l'opportunità di concludere la scuola di pasticceria, ma solo di frequentare il primo anno, le basi che mi aveva lasciato erano risultate fondamentali.

Non creavo delle torte nuziali, mi limitavo a fare quello che mi riusciva bene. Semplici torte, morbide Cheesecake, teneri muffin e il mio punto di forza: i Cupcakes.

Il *Café for You* era aperto da due anni, Olivia aveva un anno e mezzo il giorno dell'inaugurazione, dovevo anche ammettere che questo lavoro combaciava perfettamente con la mia vita da mamma.

Avevo due ragazze che lavoravano per me: una al mattino e l'altra al pomeriggio. Lauren apriva alle sei e mezza, il suo compito era di infornare i dolci, o estrarre quelli freddi dal frigo sistemandoli nella vetrina. Io la raggiungevo dopo aver accompagnato Olly all'asilo, così mentre io mi chiudevo in laboratorio lei pensava a servire i clienti. Al pomeriggio invece c'era Karen. Arrivava intorno alle due, restava fino alle sette, l'orario di chiusura. E lavorando sotto il nostro appartamento, avevo la possibilità di essere sempre a disposizione.

Quando Olivia rientrava dall'asilo rimaneva a fare merenda con me, poi saliva in casa con la nostra babysitter, che era ormai come una di famiglia: Jenny. Lei si occupava di Olly fino al mio arrivo. Mentre il sabato, la piccola andava a trovare Zia Margaret e Zia Joselin, la riportavano alla sera, appena dopo cena. La domenica, invece, la passavamo insieme, io e lei da sole facevamo sempre qualcosa di diverso e divertente. Una domenica allo Zoo, una al parco, un'altra a fare shopping.

In tutto questo il fantasma di Andrew, suo padre, aleggiava nella mia mente. Come poteva non farlo se ogni singola volta che i miei occhi si perdevano in quelli di mia figlia rivedevo lui?

Erano due gocce d'acqua. Olivia come il padre aveva gli occhi azzurri con sfumature di grigio, i capelli neri e lisci. La cosa sorprendente era che anche lei, come lui, arricciava il naso in un buffo gesto quando qualcosa non le piaceva.

Cercai di scacciare i ricordi di Andrew e velocemente salutai Lauren, che stava servendo le colazioni, avvertendola che l'avrei raggiunta dopo essere stata in banca.

Presi per mano Olivia e uscimmo dalla caffetteria.

«Mammina?» Mi chiamò tirando un po' il braccio con la manina.

«Sì, amore?» Le chiesi dolce.

«*Pecché* io non ho il papà come le mie amichette di scuola?»

Un pugno nello stomaco, fu quello che provai nell'udire quella domanda. Non era la prima volta che me lo chiedeva e certamente non sarebbe stata l'ultima.

Cercai di sorridere, inalando un po' di aria nei polmoni. «Amore, il tuo papà è in giro per il mondo, a guadagnare i soldi che ci servono per vivere nella nostra bella casa.»

Lei annuì, come tutte le volte che le dicevo quelle stesse parole. Era troppo piccola per capire che stavo mentendo, ma troppo grande per non porre quelle domande.

«Ok! Ma dici che *tonneà* un giorno a casa?» Domandò speranzosa.

«Un giorno, forse sì...»

* * *

La giornata passò velocemente, poco prima di chiudere, la porta del negozio si spalancò.

«Ciao bambina!»

«Oh Carl, che sorpresa. Non ti aspettavo stasera!» Esclamai andandogli in contro e abbracciandolo.

Carl era come un padre per me, la figura maschile di riferimento nella mia vita e vederlo mi rendeva sempre felice.

«La mia signora necessita di zuccheri, allora siamo passati di qui.»

«Dov'è Mag?» Chiesi tornando dietro il bancone per preparare il vassoio con i dolci che più preferivano.

«È passata dal retro per dare un bacio a Olly.»

«Ha fatto bene, Olivia sarà felice.» Affermai sorridendogli.

«Quanto ti devo?»

«Carl, non scherzare! Dovrai passare sul mio cadavere prima di tirar fuori il tuo portafoglio nel mio locale!» Sorrisi passandogli il vassoio perfettamente incartato. «Dì a Margaret che le ho messo anche un bombolone alla crema.»,

«Grazie bambina, ma così la vizi, e tra pochi anni mi troverò a dover allargare le porte di casa.»

Scoppiai a ridere. «Se ti sentisse tua moglie, probabilmente ceneresti a pane e acqua per una settimana!»

«Se mi sentisse, sarei rovinato. Lo sai che quella donna mi tiene per le palle!»

«Chi ti tiene per le palle, Carl?»

Entrambi ci voltammo verso la porta che dava sul retro della caffetteria, dove la figura dirompente di Margaret fece il suo ingresso.

Ci guardò mettendo le mani sui fianchi e alzando un sopracciglio. «Stavate parlando della sottoscritta, vero?»

«Colpevoli!» Replicammo contemporaneamente.

«Potete scommettere quello che volete che sono io e io soltanto, a tenere quest'uomo per le palle.» Disse dando una pacca sul sedere del marito.

Quei due erano uno spasso, nonostante fossero sposati da vent'anni sembravano sempre dei ragazzini innamorati. Spesso mi trovavo a desiderare una relazione solida come la loro, o come quella dei miei genitori. Non che mi lamentassi della mia vita, avevo raggiunto gli obbiettivi che mi ero prefissata a vent'anni.

Però mi mancava la figura di un uomo, ma dopo Andrew, nessuno era riuscito a colmare il vuoto che aveva lasciato nel mio cuore. Tante volte mi ero chiesta come sarebbero andate le cose se quella sera di quattro anni prima, mi fossi fatta trovare in casa e gli avessi raccontato la verità. Se non fossi fuggita a casa di Mag, se...

Quei pensieri però, avevano attivato una reazione a catena. I ricordi del giorno in cui scoprii di essere incinta invasero la mia mente.

«Abbiamo ricevuto gli esiti dei suoi esami del sangue, signorina Evans.»

Osservai attentamente l'espressione dell'uomo di fronte a me, agitata e spaventata da quello che poteva essere il responso. Ave-

vo vissuto nel terrore per giorni, quei mancamenti che da due settimane non mi abbandonavano, la stanchezza immotivata e quella strana inappetenza, una cosa assurda per una come me, che amava mangiare più di ogni cosa. Erano stati dei campanelli d'allarme, mi ero quindi preoccupata e avevo anche pensato di avere qualcosa di grave. E invece…

«Le faccio le mie più sincere congratulazioni signorina Evans, è incinta!» La voce squillante e felice del medico contrastava con il mio stato d'animo.

Mi sentii come se qualcuno avesse usato il mio stomaco per scaricarsi i nervi a suon di pugni. Ebbi solo il tempo di individuare il cestino della carta, prima che il vomito s'impadronisse di me.

«Anche il vomito è un sintomo, come gli altri che ha manifestato.»

Nella mia testa però, riecheggiava solo una parola: incinta!

Come poteva essere successo? Prendevo la pillola da tre anni, da prima che lui entrasse nella mia vita.

«Deve esserci uno sbaglio, io prendo la pillola! Quelli non devono essere i miei esami.»

Il dottore mi guardò con accondiscendenza, capendo che quella gravidanza era tutto fuorché cercata.

«E' stata… non so… dal dentista ultimamente?» Domandò gentile, ma con l'espressione pensosa.

Tornai indietro con la mente, cercando di ricordare se avessi avuto problemi con i denti. Poi venni folgorata dalla mia immagine con la guancia gonfia, di Greta che si prendeva gioco di me perché parlavo come se avessi avuto una patata in bocca. Il dolore lancinante alla gengiva. Quanto tempo era passato? Forse un paio di mesi.

«*Non sono andata dal dentista, ho solo avuto un ascesso al dente. Ho preso gli antibiotici per curarlo.*» *Cercai di ricordarmi la marca di quelle pastiglie.* «*Dell'Augmentin.*»

Il medico scosse la testa «*Ha usato altre precauzioni oltre la pillola in quel periodo?*»

«*No.*»

«*Ecco risolto il mistero. Dovrebbe sapere che gli antibiotici diminuiscono l'efficacia dell'anticoncezionale.*» *Mi guardò come se quello che aveva detto fosse una cosa ovvia. Be', per me non lo era, non leggevo mai i libretti illustrativi dei medicinali. Pillole comprese.*

Avevo iniziato a prendere la pillola per regolarizzare il ciclo e diminuire il dolore che mi causava. Ma prima di incontrare Andrew non avevo regolari rapporti sessuali, quando capitava mi affidavo ai preservativi. Con lui invece...

«*Ma non ho saltato il ciclo lo scorso mese!*» *Ero certa si stesse sbagliando. Non potevo essere incinta, non ora e di certo non di un uomo che non mi amava.*

«*Probabilmente erano solo delle perdite, ora se vuole accomodarsi sul lettino le faccio un'ecografia.*»

Non dissi nulla, scostai la sedia e feci esattamente ciò che il dottore voleva. Slacciai i Jeans, abbassai le mutandine, mi sdraiai supina sul lettino e infine misi le gambe sulle staffe. Ma non ero lì, non realmente. La mia mente era in viaggio, cercava di capire perché il mio Karma si stesse prendendo gioco di me. Cosa avevo fatto di male per essere punita di nuovo? Non che avere un figlio fosse una disgrazia, ma nel mio caso, non era di certo la situazione ideale. Avevo ventidue anni, vivevo sola da tre, facevo la cameriera in un ristorante del centro, a malapena riuscivo a pagare l'affitto e le bollette. Il pensiero di dover accudire una piccola e indifesa creatura era davvero spaventoso, a fatica riuscivo a badare a me stessa. E di certo non avrei potuto fare affidamento sul padre.

Maledizione!

Con che faccia avrei potuto dire a Andrew, il quale era stato ben chiaro su come non volesse legami, che sarebbe diventato padre? Avrebbe sicuramente pensato che fosse stata un mossa per incastrarlo, d'altra parte ero stata io a rassicurarlo che prendevo la pillola e che non avremmo corso nessun rischio.

Maledizione!

Sentii una leggera pressione nel basso ventre, mi voltai verso il medico che stava con una mano tra le mie gambe e l'altra sulla tastiera del monitor.

«Lo vede questo? -Disse indicando lo schermo- Questo punto è il suo bambino.»

Assottigliai lo sguardo cercando di distinguere qualcosa tra le sfumature, ma non vidi nulla.

«Vedo tutto grigio e nero.», ammisi.

«Ecco, glielo evidenzio.» Prese un pennarello e fece un piccolo cerchio. «Questo è il suo bambino, o bambina.»

«Sembra un piccolo mirtillo.» Notai guardando meglio.

«Le dimensioni sono quelle, dovrebbe essere all'incirca di sette settimane. Non avendo la certezza di quale sia stato il suo ultimo ciclo, mi devo basare sulle misure.»

Si alzò dalla piccola sedia girevole sfilandosi i guanti. «Può rivestirsi Signorina Evans.»

Faticai a rivestirmi, tutto girava attorno a me, pensieri e parole si accavallavano senza lasciarmi tregua. Feci tutto in maniera meccanica; mi rivestii e lo raggiunsi alla sua scrivania, restandomene in rigoroso silenzio.

«Cosa ha intenzione di fare, signorina Evans?»

«Cosa ho intenzione di fare?» Ripetei la domanda ad alta voce, non capendo cosa intendesse.

«*Parlo della gravidanza.*» *Prese un respiro, come se quello che stava per dire gli costasse una certa fatica.* «*Ha intenzione di portarla a termine?*»

Oh!

«*Io…*» *Buttai l'occhio a quella piccola immagine che lui mi aveva stampato. Il mio mirtillo.* «*Lo tengo.*»

2

«Ehi bambolina ci sei?» La voce squillante di Mag, mi riportò al presente.

«Certo» Mentii.

«Allora, sei dei nostri?»

La guardai incerta, non sapendo a cosa si stesse riferendo.

«Non hai sentito una parola, vero?»

«Margaret mi dispiace, stavo pensando.»

Sbuffò, per poi rivolgersi al marito: «Carl, caro, aspettami in macchina.»

«Zoe ci vediamo domani, grazie per i dolci.»

«Ciao Carl!» Lo salutai aspettandomi di lì a poco una lavata di capo da Mag, che aveva intuito a cosa stessi pensando. O meglio a chi.

«Zoe la devi smettere! Sono passati quattro anni!»

«Non so di cosa parli. Stavo pensando ai… Cupcakes.»

«Non prenderti gioco di me, bambina.» Chiuse la porta del negozio a chiave e girò il cartello su chiuso. «Stavi pensando a lui!»

Alzai gli occhi al cielo. «No» Protestai. «Pensavo al giorno che ho scoperto di aspettare Olivia.»

«E pensavi a lui…» Insistette cocciuta come al suo solito.

«Forse un pochino.»

Si sedette su uno sgabello dietro al bancone, appoggiando i gomiti sul piano di marmo bianco. «La devi smettere. Se n'è andato. Ti ha lasciata sola a crescere una figlia.»

«Lui non sa nulla di Olivia!»

Avevo sempre avuto il vizio di giustificarlo e secondo me a ragione. Non mi aveva promesso nulla e la nostra *relazione* era finita esattamente come avevo sempre immaginato. Il fatto che mi fossi innamorata di lui era un mio problema, non suo. E certamente, non potevo prendermela con Andrew se avevo cresciuto Olivia da sola, era stata una mia scelta. Ed era sbagliato incolpare un uomo che non aveva idea di essere diventato padre.

«E per fortuna! Era uno stronzo.»

«No, è solo stato onesto.»

«Smettila di prendere le parti di quell'idiota. Non voglio più sentire una parola in sua difesa. E pretendo che tu cominci a uscire con qualcuno.» Sbraitò picchiando le mani sul bancone. «Hai ventisei anni, sei bellissima, è ora che volti pagina e ti dimentichi di lui.»

Era impossibile dimenticarsi di lui, vedevo i suoi occhi ogni giorno nello sguardo di Olivia. Avrei sempre pensato ad *Andrew*, perché nonostante tutto mi aveva donato la persona più importante della mia vita. Difficilmente, con il passare del tempo, avrei smesso di amarlo.

Che ragazza patetica.

«Mag, ti prego, non ricominciare. Non è colpa mia se non ho ancora incontrato nessuno che vada bene per me.»

Mi guardò sconsolata. «Tu sei cieca. I tuoi occhi non vedono niente altro che lui, nonostante non sia più nella tua vita da tanto tempo.» Prese un respiro prima di proseguire. «Come puoi non accorgerti di quanti ragazzi vengano qui, nel tuo *café*, solo per avere la possibilità di parlare con te? O ammirare il tuo sorriso? Guarda Lucas...»

«Devi andare da un bravo oculista, Mag.» Poi ripensai alle sue parole. «Cosa c'entra Lucas?»

Si mise le mani sul viso, esasperata. «Quel ragazzo viene qui per te, come fai a non accorgertene?»

«Stai vaneggiando, Lucas si serve da me, perché i miei Cupcakes sono i migliori!»

«Credi a ciò che vuoi, ma ricordati che Andrew non tornerà, devi andare avanti. E se non vuoi farlo per te, fallo per Olly. Dalle la possibilità di avere una figura paterna al suo fianco.»

«Ha Carl...»

«Zoe, non fare come gli struzzi. E' inutile che nascondi la testa sotto la sabbia, sai quanto io abbia ragione.»

Odiavo quando affrontava la mia situazione sentimentale così di petto e questo capitava almeno un paio di volte al mese. Quindi stando ai miei calcoli, sarei stata esente da altre ramanzine per almeno due settimane.

Amavo Mag come se fosse davvero mia zia, ma a volte diventava una persona troppo ingerente. Nonostante sapesse quanto dolore provassi ancora a parlare di *lui*, sistematicamente doveva darmi una strapazzata, anche se era conscia che non sarebbe servito a niente.

Perché nonostante il tempo e i miei innumerevoli sforzi, il volto di Andrew era scolpito nella mia mente, e non sarei mai stata in grado di cancellarlo.

«Lo farò Mag!» Esclamai con ben poca convinzione. Avrei fatto qualsiasi cosa per dirottare l'argomento su altro. «Ma cosa mi stavi dicendo prima?»

Mi puntò un dito contro con fare minaccioso. «Questa volta uscirai con qualcuno, bambina. Se non lo farai di tua spontanea volontà, sarò io a organizzarti un bellissimo appuntamento al buio.» Me lo aveva ripetuto all'infinito negli ultimi due anni, in qualche modo ero sempre riuscita a scampare una serata organizzata da lei. Fortunatamente...

«Comunque, ero passata per dirti che Ash torna in città. Vorrebbe organizzare una cena con noi e te. Pare voglia presentarci il suo fidanzato.» Scosse la testa come se non capisse. «Sono curiosa di conoscere questo Drew. Che comunque per sopportare mia nipote ha il mio massimo rispetto.»

«Margaret!» La redarguii.

«Oh dài, mia nipote è una stronza, credi che non lo sappia? Lo è sempre stata e se possibile l'incidente l'ha peggiorata.»

«Ha sofferto molto.» Le spiegai con calma.

«Cavolate!» Sbottò nuovamente. «Ma non voglio rovinarti la serata riportando a galla certe cose. Dico solo che per sopportare quella iena, questo Drew dev'essere un santo.»

Le sorrisi dolcemente e posai la mia mano sopra la sua. «Ci sarò, fammi solo sapere il giorno, così mi organizzo con la babysitter.»

Lei annuì e si alzò dallo sgabello, ma prima di uscire mi guardò sorridendo. «Hai due settimane di tempo per trovarti un ragazzo con cui uscire... Altrimenti ci penso io!»

«Sembra una minaccia Mag!»

«Oh bambina, è una promessa.»

* * *

Una volta finito di sistemare il locale salii al piano superiore dove c'era la mia migliore amica che si prendeva cura di Olly. Entrai piano per paura che la piccola si fosse già addormentata, infatti era accovacciata sulle gambe di Alyssa.

Erano già passate le otto, la chiacchierata con Margaret aveva ritardato il mio rientro di un po' e conoscendo Olivia aveva fatto il possibile per aspettarmi sveglia, ma alla fine era crollata.

Feci cenno ad Alys di non muoversi e presi in braccio Olivia, che mugugnò un poco, per poi sprofondare nuovamente nel sonno. La posai delicatamente sul letto, riboccandole le coperte e posando un bacio sui suoi capelli profumati di fragola.

Prima di tornare di là, mi fermai un attimo a guardarla, adoravo osservarla dormire, era così bella. Così simile a suo padre, da me aveva preso solo il carattere solare e le fossette che comparivano ogni qual volta sorrideva. Quando i suoi occhi s'illuminavano, mi riportavano a pensare a quei pochi istanti felici che io e Andrew avevamo avuto insieme. Nonostante la nostra non fosse stata un relazione convenzionale, avevamo avuto i nostri momenti buoni e me li tenevo stretti, rivivendoli quando la nostalgia per lui mi faceva mancare il fiato.

E accadeva più spesso di quanto amassi ammettere.

La nostra storia, se così si può definire, era durata un anno. In quel periodo non mi aveva mai portato fuori a cena, o a bere qualcosa. Semplicemente non eravamo mai usciti in pubblico. Io ero il suo piccolo segreto, ne ero cosciente, con ogni probabilità mi vedeva solo come una ragazza qualsiasi che gli scaldava il letto in una città che non era la sua.

Non aveva mai cercato di farmi credere di essere qualcosa che evidentemente non ero e in qualche modo ero riuscita ad accettarlo, eppure non bastava a diminuire il dispiacere di non poter essere la sua lei, la donna che avrebbe mostrato in giro senza nessuna vergogna. La fidanzata che un giorno avrebbe presentato alla famiglia con orgoglio.

Non ero io.

Non lo sarei mai stata.

Lo avevo anche visto con un'altra donna, ma mi ero ben guardata da raccontarglielo.

Avevo appena finito il mio turno serale e prima di andare a casa, decisi di passare a prendere un DVD. Andrew non aveva chiamato, pensai che avesse qualche cena di lavoro. Capitava spesso, d'altra parte era a San Francisco per quello.

Nonostante tutto ero felice di frequentarlo, erano ormai due mesi e sapevo di aver già superato il limite prestabilito del "non affezionarsi". Io tenevo molto a lui, accontentandomi di quello che era disposto a darmi. L'importante era stare insieme.

Sentire le sue mani sulla mia pelle, le sue labbra sulle mie e godere del suo corpo che si muoveva sopra il mio.

Risi di me stessa, ero diventata una di quelle patetiche donne che si accontenta delle briciole, le stesse donne che avevo biasimato per anni.

Eppure lui...

Andrew aveva sconvolto il mio mondo, ma soprattutto la mia persona. Mi stavo dando a lui senza remore, sapendo perfettamente che prima o poi mi sarei fatta male. Molto male.

Quando uscii dalla videoteca, decisi di prendere la strada più lunga, due passi mi avrebbero fatto bene. E le sere di marzo, anche se fredde erano comunque piacevoli.

E fu durante quel tragitto che li vidi.

Andrew era a fianco di una bellissima ragazza bionda, alta sofisticata, camminava su tacchi vertiginosi come se fosse la cosa più naturale del mondo. Lei era il mio opposto. Sembravano così in sintonia, come se si conoscessero da anni. E mi chiesi se non fosse la sua fidanzata, di cui precedentemente aveva negato l'esistenza.

La ragazza si bloccò, voltando il viso verso quello di lui, si dissero qualcosa, la ragazza scosse il capo sconsolata e Andrew le posò teneramente una mano sulla guancia. Non vidi altro, quello mi bastò e diedi le spalle a quella scena che mia aveva del tutto destabilizzato.

Camminai verso casa, con il cuore che batteva velocemente nel petto e nonostante sapevo di non avere l'esclusiva, quello che avevo appena visto non era stato per niente piacevole. Ma se la me prima di Andrew avrebbe chiuso con un uomo del genere, la me del dopo lui sperava di sentirlo il prima possibile.

Scossi la testa e spensi la luce della cameretta, che sciocca ero stata a farmi prendere tanto da un uomo che non avrebbe mai potuto e voluto darmi ciò che davvero desideravo.

Raggiunsi Alys, che mi stava attendendo.

«Ehi Zoe, ti ho lasciato un po' di pasta nel microonde. Te la scaldo?» Mi chiese gentile dalla cucina.

«Sì sono affamata, sei un tesoro.»

«Lo so, bisognerebbe farlo capire anche a Scott!» Borbottò.

Mi lasciai cadere sulla sedia esausta. «Non ha ancora chiamato?» Le domandai.

«No. Davvero non capisco, a cena siamo stati bene. Mi ha riaccompagnato a casa e mi ha detto: ci sentiamo presto!» Disse infastidita.

«Beh, sono passati quattro giorni Alys. Magari ti chiama venerdì.» Le feci notare mentre lei mi posava davanti agli occhi un gigantesco piatto di maccheroni al formaggio, sui quali mi avventai affamata.

«Se gli fossi piaciuta davvero non avrebbe aspettato tanto, dannazione gli faccio schifo!» Parlò sconsolata portandosi le mani sul viso.

«È stato lui a chiederti di uscire, non preoccuparti ti chiamerà.»

«Tu pensi?» Mi chiese con gli occhi ricolmi di speranza.

«Oh tesoro! Non lo penso, ne sono certa.» Affermai decisa roteando la forchetta.

«Speriamo tu abbia ragione.» Osservò sorridendo timidamente. «La tua giornata com'è andata, invece?»

Masticai il boccone di maccheroni e buttai giù un sorso di Coca Cola. «Normale, a parte la solita ramanzina da parte di Mag.»

Alys rise. «Appuntamento al buio in vista?»

«Mi ha minacciata! Ti rendi conto?» Enfatizzai parlando con la bocca piena «Se non trovo qualcuno entro due settimane ha detto che ci pensa lei! Mi vuol far uscire con uno sconosciuto.» Solo il pensiero di uscire con un uomo che non conoscevo mi faceva accapponare la pelle.

«Quella donna non si rassegnerà finché non troverai un ragazzo. È arrivato il momento di accontentarla!»

«Cosa?» Chiesi incredula.

«Dài Zoe, è ora di andare avanti.»

Sbuffai contrariata, avevo appena perso l'appoggio della mia migliore amica. «Ci ti metti anche tu?»

«Credo, che sia giunto il momento di guardarti intorno. Tutto qui.» Asserì facendo spallucce e prendendo la sua borsa. «Ora vado, ho il turno delle sei in ospedale. Passo in caffetteria nel pomeriggio.»

Annuii pulendomi la bocca con un tovagliolo. «Mi sono dimenticata di dirti la novità!»

Alys si bloccò con la mano sulla maniglia, voltandosi incuriosita.

«Ashley torna a casa per farci conoscere il suo futuro marito.» La informai aspettandomi una colorita reazione.

L'espressione del suo volto sembrava disgustato, non aveva mai negato la poca simpatia che nutriva nei confronti di Ashley. «San Francisco dovrebbe tremare ora che la strega sta per tornare!» Scimmiottò, facendomi poi la linguaccia.

Non potevo immaginare la veridicità di quelle parole.

3

Guardai l'orologio sul comodino maledicendo Fred, uno dei miei clienti abituali, si era presentato alla chiusura della caffetteria per prendere una Cheesecake con scritta personalizzata da portare alla sua compagna. Chiaramente non l'aveva prenotata e come al solito non ero riuscita a dire di no. D'altra parte era grazie a persone come lui se avevo la possibilità di ripagare i debiti con la banca senza mai saltare una scadenza.

Il ritardo che avevo accumulato per accontentare Fred, mi dava giusto il tempo di farmi una doccia veloce, i capelli li avrei legati in una coda. E sarei stata pronta in poco tempo, alla fine era solo una cena per dare il bentornato *all'adorabile* Ashley; avrei avuto più entusiasmo a partecipare a una lezione di chimica quantistica. Ma non potevo esimermi, la famiglia di Ash era anche la mia, poco importava se non la sopportavo. Sarei andata e mi sarei comportata bene. Lo avrei fatto solo per Joselin e Mag.

Quando eravamo più piccole avevo anche provato a instaurare un rapporto con lei, ma nonostante i miei sforzi adolescenziali, eravamo come il diavolo e l'acqua santa. Il giorno e la notte. Due opposti, assolutamente differenti e senza nessun punto di incontro.

Ero riuscita a farmene una ragione, soprattutto da quando, poco più di quattro anni prima, si era trasferita nella grande mela per fare l'unica cosa in cui era davvero brava: sculettare sulle passerelle.

Ebbene sì, era una modella, non molto famosa, ma quello che faceva le dava la possibilità di vivere più che dignitosamente. Avevo sperato di cuore, che rimanesse per sempre dall'altro lato degli Stati Uniti d'America, invece eccola di ritorno. E prossima alle nozze, con un riccone della East Coast, un certo Drew.

Scossi la testa e cercai di scacciare il ricordo di quell'arpia, più piccola di me solo di età, perché a centimetri me ne deva almeno una decina. Per non parlare di bellezza. Lei era alta, bionda, con delle gambe chilometriche e un sorriso smagliante. Io invece ero racchiusa nel mio metro e sessantaquattro, capelli e occhi castani, si poteva dire che ero una ragazza carina. Nulla di più.

Lei era la Top Model che ogni uomo sulla faccia della terra avrebbe voluto a fianco, invece io la simpatica ragazza della porta accanto a cui chiedere lo zucchero.

Infatti, Ashley stava per sposarsi all'età di ventiquattro anni, mentre io a ventisei, ero sola e con una splendida figlia a carico.

Dopo Andrew, avevo praticato astinenza per quasi due anni, per ovvi motivi. Difficilmente trovavo uomini disposti a uscire a cena con una donna che al posto di un ventre piatto aveva un'immensa anguria.

Dopo la nascita di Olly, le cose non erano andate meglio. I primi mesi erano volati tra notti insonni e il mio corpo, che al posto di una piccola bottiglietta di Coca Cola, sembrava una *pera Williams*, non facilitava di certo a incontrare il mio principe azzurro.

Poi finalmente le cose si erano normalizzate, ero riuscita a sopravvivere in quel periodo senza lavorare e intaccando il piccolo fondo che i miei genitori mi avevano lasciato. Grazie all'aiuto di Carl e Margaret, avevo preso in mano la mia vita e comprato il piccolo stabile dove vivevo creando la mia caffetteria.

Loro erano la mia famiglia, questo mi rendeva in qualche assurdo modo legata ad Ash.

"Tutte a me le fortune". Pensai finendo di prepararmi.

«Mamma!» La voce squillante di Olly mi fece quasi cadere a gambe all'aria nell'armadio.

«Tesoro, quante volte ti ho detto di non entrare così in camera mia?»

«Scusa mamma…» Disse mettendo quell'adorabile broncio che avrebbe fatto sciogliere chiunque; sapeva sempre come ottenere ciò che voleva. Una caratteristica che aveva di certo preso dal padre.

Le sorrisi prendendo in mano due vestiti, me li misi acconto per avere un parere dalla mia *esperta* figlia. «Quale metto?»

«*Osscio*!» Esclamò applaudendo con le manine.

Non ci pensai neppure un secondo, infilandomelo all'istante. Era un semplice tubino rosso che arrivava poco sopra le ginocchia. Sul davanti era accollato, ma lasciava libera buona parte della schiena, fasciando il mio corpo come se fosse una seconda pelle.

«Bella Mamma.»

«Grazie amore, ma tu lo sei di più. Sei la più bella del mondo intero!» Mi abbassai per darle un bacio sulla fronte. «Finisco di prepararmi, va di là da Jenny e fatti preparare una tazza di latte. Io vengo a salutarti prima di uscire.»

Annuì saltellando fuori dalla stanza, mentre io calzai le mie uniche scarpe nere col tacco, afferrando la borsetta dello stesso colore.

Raggiunsi Olivia che insisteva con Jenny per giocare alle principesse, mi avvicinai per attirare la loro attenzione.

«Jenny vado!» Le urlai arrivata davanti alla porta della cucina. «Il mio numero ce l'hai, sul frigorifero trovi quello del ristorante.»

Lei sorrise. «Certo Zoe, ora vai e divertiti. Io e la piccola Olly ce la caveremo. Come sempre...»

«Grazie!» Dissi sinceramente, per poi rivolgermi a Olivia. «Comportati bene Olly, cerca di non fare impazzire Jenny.»

«Io *bava*!»

«Lo so amore, ma preferisco ricordartelo. Ora dammi un bacio che devo scappare da Zia Mag.»

Alzò le braccia, e me le strinse dietro il collo «Ti *voio* bene mamma.»

«Anch'io amore.»

* * *

Arrivai al ristorante che Ashley e il suo futuro marito avevano prenotato in centro, mi dispiacque che non avessero approfittato di quella splendida serata per andare a cena in uno dei locali sull'oceano. Da quanto avevo capito, erano entrambi più propensi all'apparenza che alla sostanza.

Infatti, avevano scelto uno dei ristoranti *cool* del momento. Un posto che io, con le mie misere finanze avrei potuto solo osservare da fuori. O al massimo avrei avuto la fortuna di vendergli uno dei miei incredibili dolci.

Mi sistemai la gonna del vestito che si era alzata più del dovuto e mi avvicinai all'ingresso.

«Zoe tesoro!» La voce calda di Mag mi richiamò e la raggiunsi sorridendo.

«Sono in ritardo?» Chiesi guardandomi attorno.

«Di poco, ma non preoccuparti. Carl, mia sorella e Ash sono dentro, ma il suo fidanzato non è ancora arrivato. Quindi non sei l'ultima»

Mi prese sotto braccio e mi condusse all'interno. Guardandomi attorno, la prima cosa che notai era il colore asettico che mi circondava. Sembrava un ospedale, nessun colore, nessun tocco di luce nonostante il bianco la facesse da padrone. Così diverso dal mio *Café*.

Le vetrate che davano sulla strada erano coperte da pesanti tendoni grigi e, gli unici punti di luce derivavano da delle strutture in ferro che scendevano dal soffitto. Era davvero un posto orribile e il nome tradiva ogni aspettativa: *Sensation*.

Mi chiesi cosa era passato nella testa di Ashley per portare sua madre e i suoi zii in un posto del genere, probabilmente lo aveva fatto solo per far vedere quello che lei poteva permettersi, o meglio, voleva farlo notare a me.

Era sempre stata stupida, alla sua famiglia non era mai importato nulla di quelle sciocchezze, erano una famiglia benestante, non avevano mai avuto problemi economici, e di certo non amavano l'ostentazione.

«Zoe tesoro, che piacere rivederti!» La madre di Ashley mi avvolse in un abbraccio caloroso, ricordandomi quanto fosse bello stare stretta a lei. La stessa donna che si era presa cura di me, con l'aiuto di sua sorella Mag, dopo l'incidente dei miei genitori. Loro erano la cosa più vicina a una famiglia che mi era rimasta, avevo apprezzato tutto ciò che avevano fatto per me e la mia Olivia.

«Josy ci siamo viste solo sabato, ma come fai a sembrare sempre più giovane!»

«Tu sì che sai come lusingare una vecchia signora.»

«Non dire sciocchezze, cinquant'anni sono i nuovi quaranta.» Esclamai facendole l'occhiolino. Per poi prestare attenzione alla figura seduta al suo fianco.

Cercai di mascherare il fastidio che provavo nel rivederla. Era sempre perfetta, disgustosamente bella. Come potevano esistere donne così? Non era giusto. O per lo meno non dovevano farle mescolare a noi comuni essere mortali.

«Ciao Ashley.»

«Zoe, sono così felice che tu abbia accettato il mio invito a cena.» Sorrise gentile. E io trovai molto strano il suo comportamento. Mai si era rivolta a me in maniera così carina e ne fui sinceramente preoccupata.

Quello che accadde dopo mi strabiliò, lasciandomi quasi senza parole. Si alzò elegantemente dal tavolo e si tuffò ad abbracciarmi.

Colta di sorpresa non ricambiai subito quella stretta, ma dovetti ritrovare la lucidità necessaria per appoggiare la mano alla sua schiena.

«Mi sei mancata così tanto a New York! Non vedevo l'ora di tornare e rivederti.»

«Oh… sì. Anche io.» Mi sentii frastornata, ma soprattutto spaesata da quell'atteggiamento tanto affettuoso.

Pensai che forse l'aria di New York le avesse fatto bene, o che magari l'amore la rendesse una persona migliore. Nella vita avevo imparato a non stupirmi più di nulla.

Non sapevo quanto mi stessi sbagliando.

Il tavolo che ci ospitava era rettangolare, mi accomodai accanto a Josy e di fronte a quello che doveva essere il posto di Drew.

L'unica cosa positiva di quel luogo era che la musica non sovrastava le nostre voci, potevamo quindi parlare senza doverci sgolare. Anche se, per la verità, era Ashley che la faceva da padrona, raccontandoci dettagliatamente quanto fosse favolosa la sua vita a Manhattan. Di come il suo fantastico fidanzato non le facesse mai mancare nulla e in maniera evidente muoveva la sua mano sinistra per sfoggiare l'enorme pietra che ornava il suo anulare.

Inavvertitamente feci cadere la mia borsetta a terra e proprio mentre mi piegai a raccoglierla sentii la voce di Ash alzarsi di un paio di toni, tanto da farmi quasi cadere.

«Drew, amore, pensavo non arrivassi più!» Cinguettò.

«Tesoro scusa, sono stato trattenuto.»

Il mio cuore schizzò in gola, la testa iniziò a vorticarmi. Non poteva essere, le mie orecchie mi stavano certamente giocando un brutto scherzo. O forse, semplicemente, avevo lavorato troppo.

Si trattava certamente di stanchezza.

Mi aggrappai al bordo del tavolo per tirarmi su. Ma non ero pronta a ciò che mi aspettava, non lo sarei mai stata.

Non poteva essere!

Come poteva il destino prendersi gioco di me in maniera così maligna? Cosa diavolo avevo fatto per meritarmi tutto ciò?

Mi misi composta, imponendo a me stessa di osservare le pieghe sul lato della mia borsa, di nuovo sul lato del tavolo. Ma la realtà era che non vedevo nulla, ero solo concentrata sulla sua voce.

Quella voce.

Mio Dio perché?

Il terrore aveva preso possesso del mio corpo, non trovavo il coraggio di alzare gli occhi, bloccata dall'angoscia di vedere materializzarsi di fronte a me tutte le mie paure.

Prestai attenzione alla mia mano, le dita stavano disegnando dei cerchi sulla pelle nera della pochette, ma non potei fare a meno di notare quanto stessero tremando.

Cercai di controllare il respiro, facendo gli stessi esercizi mentali che eseguivo quando sentivo l'avvicinarsi di un attacco di panico, ma la voce di Ashley riecheggiò nella mia testa impedendomi di proseguire.

«Lui è Drew, il mio fidanzato.»

Drew, non Andrew, non era lui. Avevano solo la voce molto, troppo simile.

«È un piacere conoscervi, e perdonatemi il ritardo. Ma il lavoro non si ferma mai.» Disse facendomi mozzare il respiro. «Comunque, Ash ama chiamarmi Drew, ma sono Andrew. Andrew Cooper.»

Quello fu il momento in cui smisi di ascoltare le presentazioni, strinsi forte la borsetta, tanto da far diventare bianche le nocche e con una forza che non credevo di possedere alzai gli occhi.

Il mondo, almeno il mio, si fermò.

Probabilmente nessuno si accorse di nulla, ma quando il mio sguardo si incatenò al suo mi sembrò che la terra sotto di noi incominciasse a tremare.

Non era così, era la mia anima che aveva riconosciuto il suo proprietario.

Mi accorsi solo in quel momento quanto il tempo passato lontano da lui non era servito a niente, lo amavo esattamente come quattro anni prima… Mentre lui mi guardava con lo stesso distacco di allora.

«Zoe?»

Mai il mio nome era stato pronunciato in tono così impersonale, ma in maniera paradossale… Non mi era mai sembrato tanto bello.

«Ciao Andrew.» Il mio fu quasi un sussurro. Non riuscii a mascherare la sorpresa e l'emozione di averlo nuovamente davanti a me.

Notai con la coda dell'occhio Mag irrigidirsi. Aveva capito chi era davvero il nuovo arrivato. Sperai di cuore che si trattenesse dal fare scenate, non era quello il luogo e neppure il momento.

«Vi conoscete?» Domandò stupita Ashley. Ma io che la conoscevo da tutta una vita sapevo perfettamente che stava mentendo.

Lei sapeva, glielo leggevo negli occhi.

Aveva fatto tutto di proposito ne ero certa. In effetti, quante possibilità c'erano che lei a New York, una città che contava milioni di abitanti, si fosse stranamente fidanzata con Andrew?

Il mio Andrew.

Non ero un genio di statistiche, ma se qualcuno mi avesse chiesto le probabilità avrei sicuramente risposto: nessuna. Forse la stessa percentuale di vincere alla lotteria. In pratica una su non so quanti milioni.

La osservai attentamente, notando la strana piega delle sue labbra, l'espressione del viso era di totale soddisfazione, aveva raggiunto il suo scopo: ferirmi. Ma non era stata la sua mossa a farmi male, le sue cattiverie mi scivolavano addosso da anni.

Quello che mi aveva scavato un solco in mezzo al petto era la conferma dei dubbi che mi avevano perseguitato per anni: Andrew non era contrario alle relazioni sentimentali, lui semplicemente non aveva mai voluto me.

Dio se faceva male.

«Non proprio.» Proferì atono, riportandomi al presente. «Lavorava al ristorante di Alfredo, era solo una delle cameriere.» Poi sfiorando i capelli di Ashley concluse «E andavo lì tutti i giorni, quindi siamo entrati in... confidenza.»

«Già» Confermai. «È un piacere rivederti Andrew.» Lui annuì senza più rivolgersi a me, nonostante fossimo uno di fronte all'altra, non mi guardava mai negli occhi.

Io invece, sarei voluta sprofondare, avevo la sensazione di essere stata catapultata in un film Horror, il mio.

Solo una cameriera.

Quelle parole viaggiavano nella mia testa. E per la prima volta avrei voluto strozzarlo. Avrebbe potuto semplicemente dire che eravamo conoscenti, senza dover entrare nello specifico, evitando di denigrare al massimo quello che c'era stato tra di noi.

«Di cosa ti occupi esattamente, Andrew? Ash non è mai entrata nel dettaglio.» Chiese Carl portandosi alla bocca il bicchiere di vino, cambiando così argomento. Lo ringraziai mentalmente per aver spostato l'attenzione su altro.

«Lavoro nell'azienda di mio padre.» Mentre parlava accarezzava di continuo i capelli biondi di Ash. Un gesto così intimo e naturale che fece chiudere il mio stomaco. Avrei voluto non guardarli, ma i miei occhi si erano incatenati alla sua figura e non riuscivo a staccarli. Il suo sguardo invece era rivolto a Carl, seduto a capotavola. «In pratica acquistiamo aziende malandate, le risistemiamo e riorganizziamo. Poi le rivendiamo a un prezzo maggiorato.» Spiegò con calma cose che io già sapevo. Me lo aveva raccontato in una delle tante sere che avevamo trascorso insieme.

Un'immagine nitida di lui sopra di me, mi fece muovere nervosamente sulla sedia.

«Tutto bene bambina?»

«Sì, certo Mag, ho solo un po' di fame.» Mentii, probabilmente non sarei riuscita a ingerire nulla.

«Ora che ci siamo tutti possiamo ordinare.» Asserì felice Ash, prendendo in mano il menù.

Il cameriere ci raggiunse poco dopo, prendendo le ordinazioni. Optai per un piatto di tagliolini alla zucca e scampi, ma quando il ragazzo mi mise davanti il piatto, dovetti trattenermi per non correre in bagno e dare di stomaco.

Con la forchetta rigiravo quei fili di pasta all'uovo e sentivo intorno a me gli altri conversare amabilmente. Io invece, non avevo preso parte a nessuna discussione, ero praticamente zitta da quasi un'ora, ogni tanto elargivo qualche sorriso, finto come una banconota da sette dollari. Fortunatamente non ero mai stata una ragazza emotiva, altrimenti mi sarei ritrovata a piangere come una disperata davanti a tutto il ristorante.

Quello sì, avrebbe reso Ashley fiera di se stessa.

Mi versai dell'acqua facendo ben attenzione a non incrociare più lo sguardo di Andrew, buttando un'occhiata nervosa all'orologio: 10:40 Pm. Volevo più di ogni altra cosa correre a casa e buttarmi sotto la doccia per lavar via quella serata. Probabilmente non sarebbe servito a un granché, ma sarebbe stato di sollievo.

Sentivo su di me gli occhi di Ash. Ogni tanto mi osservava, forse stava attendendo una mia esplosione, la mia resa definitiva.

Quanto poco mi conosceva!

Presi coraggio e posai il tovagliolo sul tavolo. «Vado un attimo al bagno.» Dissi attirando su di me cinque paia di occhi.

«Certo Zoe, lo trovi poco prima dell'uscita sulla destra.» M'informò Ashley con un tono di voce troppo stridulo per essere vero.

Mi alzai senza dire nulla limitandomi a un gesto d'assenso col capo; d'altra parte il mio cervello era troppo impegnato a coordinare i movimenti per permettermi di fare altro. Le gambe erano molli e il cuore non ne sapeva di riprendere a battere in maniera regolare.

Arrivai alla porta del bagno per puro miracolo e quando afferrai la maniglia mi resi conto di quanto ancora tremassi.

Quando la porta si chiuse alle mie spalle ripresi a respirare e mi guardai attorno: alla mia destra c'era il bagno riservato alle donne e a sinistra quello degli uomini, uniti da un salottino provvisto di un lavandino doppio, una piccola zona trucco, e un divanetto.

Non mancava nulla, avrei potuto restare lì per il resto della serata.

Mi avvicinai al piano del lavabo, appoggiando le mani sul freddo marmo nero. Un sospiro rumoroso uscì dalla mia bocca, ero ancora incredula… quello che stava accadendo di là non poteva essere reale.

Andrew stava per sposarsi con Ashley.

Quale Dio poteva permettere una cosa del genere?

Ma soprattutto: cosa diavolo aveva lei più di me?

Nel giro di pochi mesi sarebbe diventata la Signora Cooper. E io nella vita di Andrew ero stata solo una fugace avventura, una cosa di poco conto. Qualcuno a cui probabilmente non aveva più pensato, fino a quando gli ero ripiombata davanti.

La porta si aprì di colpo, facendomi sobbalzare per lo spavento.

«Ho quasi finito…» Sussurrai.

«Non lo sapevo, Zoe!»

Persi un battito quando la sua voce arrivò alle mie orecchie, non più fredda e distaccata come prima, ma quasi avvolgente.

Impiegai qualche istante per rispondere, mentre guardavo la sua immagine riflessa allo specchio e tutto mi sembrava davvero così surreale da rasentare la pazzia.

Andrew era in bagno, alle mie spalle. Perché?

«Non importa.» Il mio era solo un brusio, ogni muscolo del mio corpo era fermo, immobile, congelato sul posto.

«Non sapevo che tu e Ashley foste amiche.» Insistette come se fosse importante per lui giustificarsi. Non aveva senso e non lo aveva perché il ricordo del giorno in cui mi aveva lasciato era ancora vivido, con le sue parole dure pronunciate con semplicità sfacciata e l'espressione tranquilla che mi aveva fatto sentire come uno dei suoi affari di poco conto da chiudere in fretta.

Perciò quella scenata se la poteva risparmiare.

Mi venne persino il dubbio che si stesse impegnando così tanto perché voleva circuirmi di nuovo per portarmi a letto… No, ma non poteva arrivare a tanto.

«Ho detto che non importa, Andrew.» Sbottai secca.

«Eppure il tuo atteggiamento non mi sembra quello di una a cui non importa.» Osservò serio.

«Tu non mi conosci affatto, come fai a essere così presuntuoso da credere di poter essere in grado di interpretare i miei comportamenti?»

«Io penso che tu ce l'abbia con me, Zoe.»

«Non m'interessa ciò che pensi tu, e mi stupisco che a te importi l'atteggiamento di una delle tante cameriere.» Calcai le ultime parole, afferrando la salvietta per asciugarmi le mani.

«Non volevo esprimermi così… ero sorpreso di rivederti e non sapevo cosa dire.»

Mi voltai lentamente per guardarlo in viso. «Hai detto la verità.» Dissi piano cercando di non apparire ferita. «Ero solo la cameriera che ogni tanto ti sbattevi. Non l'unica e di certo non la più speciale, quindi non hai mentito. Hai solo omesso la parte del sesso, ma posso capire il perché.»

«Zoe…»

Bloccai quello che stava per dire, non volevo sentire altro, non aveva motivo di doversi giustificare con me. Non ero nessuno nella sua vita, ogni parola sarebbe stata fuori luogo.

Puntai i miei occhi nei suoi e per un attimo, un minuscolo istante, intravidi qualcosa di nuovo, una luce diversa da quella fredda che aveva quasi sempre illuminato il suo sguardo. Ma durò troppo poco per capire di cosa si trattava.

«Andrew, sono passati anni. E se non mi dovevi giustificazioni allora, figuriamoci oggi.» Tirai un sorriso. «Il bagno è tutto tuo.» Affermai passandogli accanto e inalando il suo profumo, lo stesso di allora. Bergamotto.

Ma nel momento esatto in cui stavo per aprire la porta, la sua mano mi bloccò il gomito.

«Zoe, mi dispiace.» Disse non mollando la presa. I miei occhi saettarono dalla sua mano, che teneva stretto il mio gomito, ai suoi occhi.

«Lasciami.» Sibilai piano.

«Ti lascio solo se dici che mi credi!»

«Tu sei pazzo.»

Non ero così ingenua da farmi abbindolare da lui.

C'erano delle notti in cui nonostante i quattro anni passati non riuscivo a chiudere occhio a causa sua e non mi sarei rovinata ancora per due moine.

Ma in effetti era da stupide avere quei timori, ero già rovinata, e in più mi sentivo guasta, difettata. Un po' come il mio cuore, che non avrebbe mai potuto amare qualcuno come aveva fatto con Andrew.

«Non sono pazzo, sto solo dicendo quello che voglio».

«Vuoi che ti creda?» Annuii a denti stretti. «Peccato che non me ne importi nulla di quello che vuoi».

Mi strinse più forte. «Dimmi che mi credi».

«Ok, ti credo!» Mentii per accontentarlo. «Ora lasciami. Mi stai facendo male!»

Si staccò da me come scottato, osservando il lieve rossore sulla mia pelle.

«Zoe…scusa» Si passò la mano fra i capelli. Notai come fossero più corti di quanto ricordassi, ma sempre bellissimi e folti. «Cazzo!» Imprecò e solo in quel momento mi accorsi di come fosse agitato, del modo in cui spostava il peso da un piede all'altro e dello strano movimento della sua mandibola.

«Andrew, io ora esco da qui. E fingiamo che non sia accaduto nulla in questo bagno…» Per pronunciare quelle parole dovetti mandare giù un boccone amaro. «…e neppure quattro anni fa. Va bene?»

Lui annuì con il capo, anche se sembrava più un gesto di stizza che un assenso.

Ma non ci badai e mentre attraversavo la soglia la sua voce arrivò dritta al mio cuore facendolo quasi lacrimare.

«Mi sei mancata, piccola.»

E no… non ci capivo più niente.

4

Restai seduta sul letto a fissare il nulla per un tempo infinito. Ero rientrata a casa da quella che potevo tranquillamente catalogare come la terza peggiore serata della mia vita.

Mi sentivo così svuotata, tutte quelle emozioni mi avevano stravolto, lasciandomi in pezzi. Il fatto che non versassi una lacrima non significava che stessi bene, semplicemente erano rare le occasioni in cui mi lasciavo andare ai sentimenti, ero diventata così dopo l'incidente dei miei genitori.

La sera più brutta della mia vita.

Negli ultimi anni avevo pianto solo un paio di volte: la sera che Andrew mi aveva lasciato e il giorno del parto. Sentimenti diversi e contrastanti, ma entrambi forti e sentiti.

Mi sfregai il viso con le mani cercando di non lasciare che i ricordi mi travolgessero. Ma ormai era tardi, le immagini invasero la mia mente senza chiedere il permesso.

«Zoe, porta il vino al tavolo numero otto.»
«Sì Greta, quale vogliono?»
«Brunello di Montalcino, 2008.»
Annuii e afferrai quello che mi aveva indicato. Come potesse la gente spendere più di cento dollari per una sola bottiglia di vino, restava per me un vero mistero. Quei soldi mi sarebbero bastati per pagare le bollette mensili del mio micro appartamento.

«*Devo portare altro?*» *Chiesi a Greta, la quale stava cercando di aprire una bottiglia di Vodka totalmente ghiacciata.*

«*No, ma mi raccomando, trattali con riguardo. Sono clienti importanti.*»

«*Non lo sono tutti?*» *Domandai in maniera retorica.*

«*Sì Zoe, ma loro lo sono di più.*» *Strinse i denti e finalmente riuscì ad aprirla.* «*Greta uno, Vodka zero!*» *Asserì alzando la bottiglia come fosse una coppa.*

Risi divertita. «*Certo che se tu l'avessi messa qualche secondo sotto l'acqua tiepida, avresti evitato tutta questa fatica.*» *Le feci notare senza smettere di ridere.*

«*Tu!*» *M'indico minacciosa con l'indice.* «*Sei una persona perfida. Perché non me lo hai detto subito?*» *Domandò sbarrando gli occhi.*

«*E perdermi così tutto il divertimento?*»

«*Zoe. Per il tuo bene vai, non vorrei far scivolare accidentalmente la bottiglia sulla tua testa.*»

Corsi via e raggiunsi il tavolo numero otto. Avevo l'abitudine di non osservare troppo i clienti; ascoltavo, scrivevo, servivo, me ne andavo. Feci così anche con loro.

Notai solo che erano due uomini e una ragazza.

Stampandomi sul viso il mio miglior sorriso parlai gentile: «*Chi assaggia il vino, signori?*»

«*Lo assaggio io.*» *Versai due dita nel calice del ragazzo che aveva parlato, aspettando il suo responso con gli occhi puntati sulla tovaglia.*

«*È perfetto.*» *Disse con voce vellutata.*

Posai delicatamente la bottiglia sul tavolo, all'interno del glacette. «*Posso portarvi altro?*»

«*No.*» *Rispose secca la giovane donna, per poi continuare a conversare con i due uomini.*

Feci un cenno con il capo congedandomi. Non tornai più al tavolo numero otto, era nella sezione di Greta, perciò mi occupai esclusivamente dei miei clienti, non pensandoci più.

«Zoe…» Sussurrò Greta prendendomi per mano e accompagnandomi in un angolo della cantina dei vini.

«Mi hai portato qui per farmi fuori?»

«No, sciocca!» Sbuffò irritata. «Hai notato che quel gran bel pezzo di ragazzo del tavolo numero otto non ti ha levato gli occhi di dosso?»

«Che?» La guardai corrugando la fronte.

«Come che? Non dirmi che non ti sei accorta di nulla? Sei senza speranza Zoe!»

«Sai che non mi soffermo mai a guardare troppo i clienti.» Dissi semplicemente.

«Ok, ma lui…» Sospirò sognante. «Dio è bellissimo e devi vedere i suoi occhi. Comunque, mi hanno chiesto il conto e andrai tu a portarglielo.»

«E perché dovrei?»

«Dio Zoe, quell'uomo ti vuole. Avresti dovuto vedere come ti fissava…»

«Greta lo sai che non esco con i clienti del ristorante. E poi sicuramente ti sarai sbagliata.» Osservai tranquillamente. «Ora posso andare?»

Lei fece spallucce. «Fa come vuoi, ma per me stai facendo una cazzata!»

Si sbagliava, se avessi lasciato perdere avrei di certo fatto la cosa giusta, invece, una volta rientrata in sala il suo discorso mi vorticava in testa e alla fine cedetti. Alzai gli occhi verso il tavolo n.8 e lo vidi.

Era bello.

Incredibilmente bello, i suoi occhi attirarono subito la mia attenzione, erano di un azzurro che tendeva al grigio, ma c'era dell'altro dietro quelle iridi. Quando rideva lo faceva solo con le labbra, i suoi occhi rimanevano impassibili, sembravano piccole palline di ghiaccio data la freddezza che trasmettevano.

Rimasi come imbambolata a scrutarlo.

Si passò una mano fra i capelli scuri e un po' disordinati e fu in quell'attimo che i nostri occhi s'incatenarono. Riuscii a mantenere lo sguardo per pochi istanti, poi abbassai la testa imbarazzata. Le mie guance probabilmente avevano il colore delle ciliegie.

Gli diedi le spalle e cercai di calmare il mio cuore. Non avevo molte regole nella mia vita, ma una era indiscutibile: mai con i clienti.

Quando uscii dal ristorante erano all'incirca le quattro del pomeriggio. Quella settimana avevo il turno diurno, in quel periodo dell'anno era l'ideale: la sera scendeva presto e il freddo non accennava a voler diminuire e finendo a quell'ora avevo la possibilità di rintanarmi in quel buco del mio appartamento e passare la serata tra Mag Ryan e Julia Roberts.

Avevo in programma di vedere Erin Broockovich, di devastare il mio stomaco con le peggiori schifezze alimentari e probabilmente di farmi venire un gran mal di pancia.

Non feci tempo a svoltare l'angolo del ristorante che qualcuno mi chiamò.

«Zoe?»

Mi voltai piano. «Sì?»

«Non volevo spaventarti e non sono uno maniaco.» iniziò a dire molto velocemente.

«Be', non male come presentazione.» Osservai divertita.

Si grattò la testa. «Hai ragione, ricomincio.» Allungò la mano verso la mia e io gliela strinsi. «Ciao, mi chiamo Andrew. So il tuo nome perché l'ho chiesto a quella tua bizzarra collega.»

«Ciao Andrew, assaggiatore di vini pregiati, è un piacere conoscerti. E sì, la mia collega è molto bizzarra.»

«Ti ricordi di me?» Chiese non nascondendo una certa soddisfazione.

Io annuii, conscia di avergli rilevato troppo.

«Stai andando a casa?» Mi domandò gentile, sfoderando un sorriso che avrebbe fatto schiantare qualsiasi cuore. E in quell'esatto momento capii che la mia regola numero uno stava per andare a farsi benedire.

«Sì.»

«Abiti lontano?»

«Una ventina di minuti a piedi.»

«Posso accompagnarti?»

Lo fissai incredula. «Perché dovresti?»

«Non si risponde a una domanda con un'altra domanda e poi mi sembri una ragazza sveglia. Dovresti trovare da sola la risposta alla tua domanda.»

Inclinai la testa guardandolo bene. «Sì, sono abbastanza intelligente per capire che la risposta alla tua precedente domanda è no»

«Così mi ferisci» Disse portandosi la mano al cuore con teatralità e quel gesto mi fece scoppiare a ridere.

«Dimmi Andrew, di solito funziona questo tuo approccio?» Gli domandai divertita.

«Di solito non ne ho bisogno.» Affermò strafottente. «Normalmente siete voi donne a pregarmi perché vi entri nelle…»

Alzai il braccio per fermare quello sproloquio. «Non proseguire, ho capito. Ora, mio caro assaggiatore di vini, devo andare.» Esclamai seria indietreggiando.

«L'unica cosa che vorrei assaggiare sei tu!» Buttò lì togliendomi il fiato.

Nella mia giovane vita, avevo assistito a parecchi abbordaggi, ma mai nessuno era stato così schietto e diretto.

«Mi spiace…» Dissi con finta tristezza. «Ma per oggi dovrai accontentarti solo del vino.»

Si massaggiò il mento con la mano. «Per oggi mi accontenterò…» Fece un passo avvicinandosi di più a me. *«Solo per oggi, Zoe.» Mi baciò la guancia e se ne andò, lasciandomi del tutto frastornata.*

* * *

Quella stessa sera ero comodamente seduta sulla mia amata poltrona, con le gambe sopra il bracciolo e sulla pancia un enorme ciotola di popcorn, quando ricevetti il messaggio da un numero sconosciuto.

-Ero serio oggi. Vorrei rivederti, presto. Andrew. -

Fissai il mio vecchio telefono, sorpresa e incerta sul da farsi. La tentazione di rispondere era davvero forte. La mia coscienza era divisa in due: da una parte la brava ragazza e dall'altra quella cattiva.

La prima mi intimava di cancellare subito quel messaggio e spegnere il telefono. La seconda invece, mi spronava a rispondere, spiegando che alla mia età un po' di avventura in più non mi avrebbe certamente uccisa e Andrew era davvero un bel bocconcino.

Alla fine vinse la brava ragazza, non risposi al messaggio e spensi il telefono, tornando a prestare attenzione al film, o almeno ci provai.

Dopo aver trascorso una notte agitata, mi svegliai con il ricordo di quel messaggio ancora vivido nella mente. Mi diedi una pacca sulla fronte per la mia stupidità.

«Stupida!» Sbraitai contro me stessa.

Dannazione, perché per una volta non potevo semplicemente lasciarmi andare, accettare le avance di un bel ragazzo? Cosa poteva importare se sarebbe stata solo una cosa così, o se invece fosse diventata qualcosa di più serio? Dovevo smetterla di razionalizzare tutto, per una volta potevo cogliere l'attimo senza farmi mille problemi.

Allungai la mano sul comodino e accesi il mio Nokia del post guerra. Andai subito in messaggi in arrivo ma come una sciocca lo avevo cancellato.

Sullo schermo comparve la scritta "1 nuovo messaggio", lo aprii con eccitazione, sperando fosse ancora lui.

-Il fatto che tu non mi abbia risposto, non cambia ciò che voglio: TE. Andrew. -

Dovetti sfregarmi gli occhi un paio di volte per essere certa di quello che stavo leggendo. Nonostante fossi sola sdraiata nel mio letto, avvampai imbarazzata come un'adolescente. Mi portai una mano sulla guancia, che scottava come se fosse carbone ardente. Quel ragazzo mi accendeva con solo poche parole scritte in un messaggio, figuriamoci cos'avrebbe potuto fare dal vivo.

Decisi in quell'istante di correre il rischio, di buttarmi in quell'avventura, non curandomi minimamente di cosa avrebbe voluto dire per me e per il mio cuore. Ascoltai l'istinto invece della ragione.

Digitai un messaggio veloce:

-Alle 9:00 al N.23 di California Street. Zoe. -

Premetti sul tasto invio senza pensarci due volte e mi coprii il viso con il piumone, imbarazzata da ciò che avevo appena fatto.

Che sciocca, come se qualcuno avesse potuto vedermi.

Lo avevo fatto davvero!

Invitare uno sconosciuto nel mio appartamento non era di certo una mossa astuta, anzi, era un atto piuttosto incosciente. Ma diamine, almeno per una volta avrei fatto la cosa sbagliata.

Qualche ora dopo ero nel mezzo del mio soggiorno/cucina/molte altre cose, guardavo ansiosamente l'orologio alla parete: 8:44 Pm, nervosa in maniera assoluta, anche se sapevo perfettamente cosa stava per accadere. Andrew non aveva risposto al messaggio, ma non ce n'era bisogno, sarebbe arrivato. Ogni cellula del mio corpo ne era convinta.

Per spirito di conservazione, avevo deciso di avvertire Greta della mia serata, ma lei mi aveva rassicurata dicendomi che Andrew era una persona molto conosciuta e che non mi sarebbe successo nulla.

Non avevo idea di stare per avere un appuntamento con una specie di super star tra gli imprenditori, ma almeno avevo potuto fare un paio di ricerche su di lui.

Su Google c'erano centinaia di foto e articoli che lo riguardavano. Mi confermavano che non era un serial killer, ma di certo era uno a cui le donne piacevano. Più o meno tutte uguali, alte bionde e bellissime. Così diverse da me, che mi chiesi per quale strano motivo potesse essere interessato a conoscermi "meglio".

Il suono del telefono mi riscosse dai miei pensieri.

«Pronto?»

«Sono qui sotto.»

«Ti apro, terzo piano. Prima porta a destra.»

Staccò la conversazione senza dire altro e andai ad aprire la porta, con il cuore che mi martellava furiosamente. Era arrivato il momento, non si tornava più indietro.

Quando me lo ritrovai di fronte, mi mancò il fiato nel vedere quanto fosse bello. Non indossava un completo elegante, ma dei semplici jeans e una felpa grigia con il cappuccio a coprirgli la testa e anche parte del viso.

Lo osservai sorridendo. «Sei per caso un agente segreto?»

«No, noi maniaci amiamo vestirci così.» Disse superandomi per entrare nell'appartamento.

Fu in quel preciso istante che le mie narici si deliziarono del suo odore, uno di quelli che non scordi, che se risenti a distanza di anni ha la capacità di farti rivivere ogni momento legato ad esso.

Respirai profondamente cercando di non far trasparire la mia agitazione e chiusi la porta alle mie spalle.

«Voi imprenditori amate girare in incognito?». Chiesi mentre si guardava attorno.

Alzò un sopracciglio. «Vedo che hai fatto i compiti, Zoe. Mi lusinga.»

«Volevo solo essere sicura di non aver invitato un maniaco nella mia casa.»

Abbassò il cappuccio lasciandomi godere a pieno della bellezza del suo volto, i capelli lasciati liberi dal gel ricadevano disordinati sulla sua fronte. La mascella squadrata, la pelle liscia, senza un filo di barba, le sue labbra così carnose e ben delineate, fatte esclusivamente per baciare.

«Non dovresti credere a tutto ciò che i giornali dicono, la maggior parte delle cose sono stronzate.» Il suo tono di voce era infastidito. Probabilmente era uno di quelli che non amava essere etichettato.

«Quindi, mi stai confermando di essere un serial killer?» Lo guardai fingendo sbalordimento.

Lui ghignò. «Sei divertente Zoe.»

«Grazie mille.» Gli risposi facendo un mezzo inchino. «Perché non ti accomodi?» Dissi indicando il piccolo divano.

«Non sono qui per restare.» Ammise semplicemente.

«Oh...» Non riuscii a nascondere la delusione. Mi ero esposta, avevo voltato le spalle ai miei principi per averlo lì, nella mia casa. E lui non sarebbe rimasto?

Ma la sua voce bloccò i miei pensieri. «Sono venuto qui perché volevo darti la possibilità di scegliere.» Spiegò lentamente. «Io non sto cercando una storia d'amore. Ma solo sesso senza coinvolgimenti. E tu...» Si fermò un istante per guardarmi, sentivo i suoi occhi divorare ogni centimetro della mia pelle. «Da quando ti ho visto la prima volta al ristorante, non ho fatto che pensare ai centouno modi in cui potrei possederti.»

Deglutii a fatica. Sentii un'improvvisa sete... sete di lui.

Dio quel ragazzo era lì di fronte a me, dicendomi apertamente che voleva solo ed esclusivamente fare sesso e io, pensavo solo a come la sua bocca avrebbe potuto spegnere il fuoco che stava divampando nel mio corpo.

«Da ieri?» Chiesi con un filo di voce.

«Da ieri cosa?»

«È da ieri che hai questi... pensieri su di me?»

Sorrise. «No piccola, sono tre settimane che vengo nel tuo ristorante e non ti stacco gli occhi di dosso.»

«Oh!» Esclamai sorpresa, non aspettandomi quella risposta.

Si avvicinò accarezzandomi piano una guancia. «Pensa a quello che ho detto e se ti andranno bene le mie condizioni... mi contatterai. Intesi?»

Io annuii, ma non riuscii a dire niente altro, perché le sue labbra si unirono alle mie.

Con una mano dietro alla mia schiena mi attirò a sé. E il mio corpo si scontrò contro il suo, duro e muscoloso.

La sua lingua s'insinuò nella mia bocca senza molti convenevoli. Chiusi gli occhi, arrendendomi al bacio più sensazionale che avessi mai ricevuto.

Si staccò da me troppo presto, sarei rimasta a baciarlo per ore, giorni, forse settimane.

«Volevo lasciarti qualcosa a cui pensare…» Alitò caldo e sensuale al mio orecchio, per poi allontanarsi da me e andare via.

Restai ferma in quella posizione per molti minuti, con le gambe tremati e le dita posate sulle mie labbra ancora stravolte da quel bacio. Quando finalmente mi riscossi presi il telefono e digitai due semplici lettere.

-Sì-

5

La mattina seguente, non mi stupii di trovare Mag che mi attendeva al Café, seduta comodamente sul suo solito sgabello. Aveva l'aria stanca, come se avesse passato la notte in bianco. Non era di certo la sola a non aver chiuso occhio.

Troppi pensieri avevano vorticato nella mia testa. L'immagine di Andrew che accarezzava dolcemente i capelli di Ash, contrastava a quella di lui che vezzeggiava delicatamente il mio corpo.

E poi, sapere che con ogni probabilità mentre io ero nel letto a pensare a lui, Andrew era abbracciato alla sua fidanzata, la donna che amava e che era riuscita ad avere da lui tutto ciò che io avevo sempre desiderato, non aveva aiutato.

Mag non mi aveva visto entrare e le appoggiai una mano sulla spalla per attirare la sua attenzione.

«Buongiorno Margaret.»

Sussultò. «Dio mi hai spaventata bambina!»

«Scusa.» Le dissi mentre andavo dietro al bancone. «Sei qui da molto?»

«No. Sapevo che avrebbe aperto Lauren, ma ero già in zona, quindi...»

Annuii, dando un occhio al locale. C'erano una decina di persone sedute ai tavolini: un gruppo di mamme, due ragazzi giovani, un paio di signore anziane. Era tutto sotto controllo sapevo che Lauren era una valida aiutante, non mi aveva mai dato problemi, anzi, potevo fare affidamento su di lei.

L'unica pecca che possedeva, se così si poteva chiamare, era il suo modo alternativo di vestirsi. Amava vestirsi da Dark, e io ringraziavo che la divisa del Café, la coprisse abbastanza. Ma per il resto era perfetta, una lavoratrice eccezionale e una ragazza dolcissima.

La raggiunsi facendo segno a Mag che sarei tornata in cinque minuti.

«Ciao!»

«Buongiorno capo, hai una faccia che fa schifo.» Ammise senza mezzi termini guardandomi solo un secondo, per poi tornare a pulire la vetrina.

«Sei sempre troppo diretta!» Osservai un po' scocciata.

«Capo, qualcuno te lo doveva dire, avresti almeno potuto mascherare le occhiaie con il trucco.»

«È andato tutto bene stamattina?» Le domandai cambiando argomento. Sapevo che aveva ragione, il poco sonno era la causa delle mie evidenti occhiaie. E il viso sembrava più scavato e provato.

«Sì, certo.» Si fermò un secondo passandosi il dorso della mano sulla fronte. «È passato Lucas, ti ha lasciato l'ordine di là.» Indicò il mio laboratorio. «Sembrava dispiaciuto quando gli ho detto che eri in banca.»

«Hai visto cosa gli serviva?» Le domandai cercando di concludere sul nascere l'argomento "Lucas". Non riuscivo davvero a capire perché fossero convinte che lui avesse una specie di cotta per me, era solo un cliente.

«No. Mi ha solo detto che hai tempo due giorni e che se c'è qualcosa di poco chiaro di chiamarlo. Ha calcato molto sulla parola "chiamarlo".»

Le diedi un'occhiataccia. «Smettila! Bevo il caffè con Mag e poi vado in laboratorio. Quando arriva Karen puoi andare.»

«Okay capo!»

Ritornai da Mag, afferrando una tazza e la brocca di caffè e me ne versai un'abbondante dose. Il suo sguardo era preoccupato, mi osservava come se mi potessi spezzare da un momento all'altro.

«Mag, sto bene.» Cercai di rassicurarla.

«Non ci credo.» Scosse vigorosamente la testa. «Non questa volta. Devi dirmi la verità bambina, non ti farà bene tenerti tutto dentro.»

Sbuffai buttando giù un sorso di caffè. «Sono solo stata colta di sorpresa, ma a breve se ne torneranno a New York e tutto questo sarà solo un lontano ricordo.»

Margaret strinse fra le mani la sua tazza di caffè, e abbassò lo sguardo come se sapesse qualcosa e aveva paura nel rivelarla.

«Mag? Devi dirmi qualcosa?» Le chiesi iniziando ad agitarmi.

«Ashley ha deciso di sposarsi qui, tra due mesi.» Si fermò un secondo prendendo fiato. «Resteranno entrambi in città fino ad allora.»

«Ma Andrew…il suo lavoro?» Domandai in un sussurro e in evidente stato di shock.

«Pare abbia degli affari da sbrigare qui e a Seattle, quindi non tornerà a New York.»

Quella notizia fu per me come una doccia fredda, anzi ghiacciata. Mi dovetti aggrappare al bancone per sorreggermi.

Come avrei fatto?

«Olivia...» Sussurrai.

«Olivia cosa?» Domandò preoccupata.

«Come potrò nascondere la verità, non...» Mi mancò il fiato e la testa prese a girare. L'idea di dover affrontare la verità con lui mi piombò addosso come un macigno.

«Bambina, qualsiasi cosa accadrà, ci saremo noi al tuo fianco. Non sei sola!» Cercò di calmarmi con quelle parole. Ma il mio cuore martellava, era partito in una corsa pazza e l'unica cosa che riuscii a fare fu nascondermi nel laboratorio. Mag mi seguì, chiudendosi la porta alle spalle.

«Bambina, respira!»

Ma io ero già in preda al panico. Le mani sudate, il cuore batteva all'impazzata, il tremolio del corpo, la vista appannata, erano un segno inconfondibile di quello che stava per accadere: un attacco di panico.

Le gambe si fecero molli come la gelatina.

«Non lasciare che l'ansia vinca su di te. Ricorda le parole del Dottor Reynold: tu sei più forte, tu puoi tutto. Il panico non vincerà su di te.» Parlava con calma, come faceva ogni volta che mi capitava di stare male, provava a trasmettermi tranquillità. La sua voce però, arrivava ovattata alle mie orecchie, come se Mag non mi fosse vicino, ma a molti metri di distanza. Prese la mia mano fra le sue e iniziò ad accarezzarla.

«Respira.» Cominciò a respirare profondamente sperando che la seguissi.

«Respira.» Proseguì. «Andrà tutto bene.»

Continuò così per molti minuti, mentre io cercai di calmare il mio respiro e seguire il ritmo che impartiva Mag.

Sentii la sua mano massaggiarmi la schiena. «È tutto passato bambina.»

Quando aprii lentamente i miei occhi, il viso sorridente di Margaret era poco lontano dal mio, quell'immagine mi trasmise calore e tranquillità.

«Come ti senti, Zoe?» Chiese continuando il massaggio.

«Meglio» Ansimai.

«Siediti bambina.» Asserì avvicinandomi la sedia. «Ti prendo un bicchiere d'acqua.»

Annuii, cercando di riprendere possesso del mio corpo ma soprattutto delle mie emozioni. Erano passati anni da quando avevo avuto l'ultimo attacco di panico, ma a memoria potevo contare sulle dita di una mano una crisi di tale portata.

«Tieni.» Mi porse il bicchiere. «Non sai come mi dispiace.»

Con le mani tremanti portai il bicchiere alla bocca e deglutii una piccola quantità di acqua. Chiusi gli occhi e presi un respiro profondo.

«Non devi dispiacerti Mag, non è colpa tua.»

«No, ma odio vederti star male. E poi anche Ash...» Chiuse le mani a pugno e strinse forte. «Lo so che lei sa di voi, glielo si legge in faccia. Dio, come ha potuto farti una cosa del genere?»

Per la prima volta non seppi cosa dire, restai ferma a guardare il pavimento. Mag aveva ragione e non avevo la forza, né la voglia di capire il perché Ashley cercava sempre il modo di avere la meglio su di me.

«Hai bisogno di qualcosa?»

«No Mag, ora mi metto a lavorare. È l'unica cosa che mi aiuta a distendere i nervi e a non pensare.»

«Vuoi che resti con te?»

«No. Ti chiamo stasera quando chiudo.» Le dissi tirando un sorriso.

«Forse dovresti chiamare…»

«No!» Urlai alzandomi in piedi. «Non tornerò dal Dottor Reynold.»

«Zoe, so che…»

«Mag, su questo punto sono irremovibile. Niente strizza-cervelli!» Affermai decisa. Non avevo intenzione di rientrare nel circolo vizioso della terapia. Era stata solo una fottuta crisi e me la sarei vista da sola. Avrei ripreso a fare Yoga, meditazione, qualsiasi cosa per non tornare in quello studio.

«Come vuoi, ma se le cose peggiorano…»

«Non succederà. Io non lo permetterò.»

* * *

«Farina, zucchero e lievito…» Mi misi sulle punte e afferrai un baccello di vaniglia che stava su un ripiano in alto dello scaffale.

«E ora un pizzico di sale.»

Mescolai gli ingredienti e poi in un'altra ciotola iniziai a sbattere con un cucchiaio di legno: burro, uovo, latte, yogurt e un po' di scorza di limone.

Unii il composto omogeneo agli ingredienti secchi e appena iniziarono ad amalgamarsi aggiunsi i mirtilli e girai piano il tutto.

Avevo sempre avuto il vizio di ripetere a voce alta gli ingredienti dei miei dolci, forse per evitare di dimenticare qualcosa. E in quel caso mi aiutava a non pensare ad Andrew.

Dalla radio uscivano le note della nuova canzone dei Coldplay.

Cause you're a sky, cause you're a sky full of stars
I want to die in your arms, arms
'Cause you get lighter the more it gets dark
I'm going to give you my heart
And I don't care, go on and tear me apart
And I don't care if you do
'Cause in a sky, cause in a sky full of stars
I think I see you

Versai il preparato negli appositi stampini e respirai profondamente, chiudendo piano le palpebre. Erano passati otto giorni dalla disastrosa cena organizzata da Ashley. E di loro, per fortuna, non avevo più notizie. Probabilmente erano stati risucchiati dell'enorme egocentrismo di lei, o dalla sua immensa stupidità.

Qualsiasi cosa li tenesse lontani dalla mia vita era ben accetta. Non ero pronta ad affrontarli nuovamente, soprattutto perché non avevo ancora deciso di intavolare il discorso "Olivia".

Ero conscia di non poterla tenere nascosta ad Andrew per sempre, prima o poi l'avrebbe vista e avrebbe senza dubbio capito.

Se solo non si assomigliassero tanto...

Quindi per giorni mi ero tormentata fino all'inverosimile per capire come agire. Sinceramente non era la reazione di Andrew a preoccuparmi, avevo sbagliato a tenerglielo nascosto, ma lui era stato chiaro e io avevo agito pensando solo a quello che sarebbe stato meglio per la mia bambina. All'epoca avevo preso in considerazione di dirgli della gravidanza, ma poi il pensiero che lui potesse chiedermi di sbarazzarmi del mio *mirtillo*, mi aveva fatto desistere.

Ciò che mi terrorizzava in quel momento era la reazioni di Olivia, all'eventualità che Andrew avesse voluto conoscerla. Cosa che ritenevo improbabile, ma comunque un'eventualità da non sottovalutare.

Quando la mia bambina mi chiedeva del suo papà, io le spiegavo che era sempre via per garantire a noi due di poter avere la nostra bella casetta e la caffetteria con i dolcetti che lei tanto amava.

Non le avevo propinato nessuna storia di astronauti o angeli volati in cielo. Alla fine lei un padre ce l'aveva e quando sarebbe stata più grande le avrei raccontato la verità, spiegandole il perché delle mie decisioni passate.

Il tempo, invece, mi aveva preso in contropiede mettendomi con le spalle al muro.

Era troppo presto.

Nel periodo in cui ci eravamo frequentati, avevo imparato a conoscere il suo carattere, sapevo che Andrew doveva avere sempre tutto sotto controllo, figuriamoci come avrebbe potuto reagire nello scoprire di avere una bambina di tre anni e mezzo. Avrebbe di certo dato fuori di testa, se la sarebbe presa con me, e poi…

Quel *poi* era la mia personale lama di ghigliottina che scintillante pendeva sulla mia testa.

Come si sarebbe comportato?

Non avevo idea di quello che avrebbe potuto fare, le ipotesi che mi erano frullate in testa erano molte. Ma finché non lo avessi affrontato, non avrei potuto mai sapere come sarebbe finita. Solo parlando con lui avrei potuto fugare i miei mille dubbi e paure.

«Zoe?»

Riemersi dalle mie riflessione alzando la testa dal banco di lavoro, *pulendomi* le mani sporche di farina sul grembiule.

«Dimmi Karen.»

«Delle persone di là chiedono di te.»

«Chi sono?» Chiesi infornando i muffin ai mirtilli.

«Non lo so.» Fece spallucce. «Non sono clienti abituali.»

«Dì che arrivo subito.»

Impostai il timer del forno e sistemai i miei attrezzi del mestiere, raggiungendola in sala.

«Dove sono?»

Indicò una coppia seduta al tavolino vicino alla vetrata, sussultai vedendo di chi si trattava: Ashley e Andrew.

Cosa diavolo ci facevano lì?

«Vado da loro» Dissi frustrata. «Ho impostato il timer dei Muffin, se sono ancora impegnata pensaci tu.»

«Certo capo.» Affermò sorridendo, per poi tornare a seguire un cliente al bancone.

M'incamminai piano verso di loro. Guardai rapidamente l'ora, erano da pochi minuti passate le tre e Olivia sarebbe tornata dall'asilo alle quattro, non volevo che s'incontrassero, non così.

Mi serviva più tempo.

«Ciao Zoe!» Cinguettò fastidiosamente Ashley. «Non disturbiamo, vero?»

I miei nervi erano molto disturbati dalla loro presenza, mi dovetti morsicare la lingua per impedire che dalla bocca mi uscisse qualcosa d'inappropriato.

«Ashley, Andrew. È un piacere rivedervi.»

Lui non disse nulla, ma fece solo un cenno con il capo, io mi ritrovai a pensare che fosse ancora più bello di quattro anni prima. Era seduto sul divanetto con le gambe accavallate, un braccio posato dietro le spalle di Ash. Indossava dei Jeans chiari e una camicia azzurra, i primi due bottoni lasciati liberi dalle asole facevano intravedere la sua pelle, la stessa che avevo baciato e assaporato in ogni suo centimetro.

Mi mossi nervosa sul posto e prestai attenzione solo ad Ash, fingendo che lui non fosse lì.

«Cosa vi porta qui?» Domandai gentile.

Lei posò la mano sulla gamba di Andrew, poi sfoderando il suo miglior sorriso pronunciò le parole che mai avrei voluto sentire: «Sono qui per chiederti se vuoi essere la mia damigella d'onore!» Esclamò felice, mentre io saettai lo sguardo da lei a lui, guardandolo sconvolta. Lui mi fissò, i suoi occhi freddi come il ghiaccio.

«Io…» Tentennai, non sapendo davvero cosa rispondere.

«Dimmi di sì! Sei praticamente come una sorella per me.» Insistette mentendo, io per lei ero sempre stata tutto fuorché una sorella. Ashley mi aveva sempre odiato e ora era lì per chiedermi di esserle accanto nel giorno più importante della sua vita. Era assurdo. Ma poi capii che era tutta una tattica della sua mente perversa. Da quanto era diventa così cattiva? E come poteva lui non rendersi conto di che donna aveva a fianco?

Forse ero io ad aver idealizzato Andrew nella mia mente, in fondo con me si era sempre comportato freddamente e con distacco. Le cose cambiavano solo quando era dentro di me…

«Io sono molto impegnata Ash…» Cercai di giustificarmi.

«Ti prometto che non ti porterò via molto tempo, poi vorrei che Olivia ci facesse da damigellina.»

Il sangue si gelò nelle mie vene, sbarrai gli occhi sorpresa e sconvolta da quella sua richiesta. Lei non sapeva neppure che faccia avesse Olivia, perché troppo presa dalla sua vita per venire a conoscere la mia bambina e voleva che le portasse le fedi?

Stavo per saltarle alla gola quando la voce di Andrew richiamò la mia attenzione.

«Chi è Olivia?» Domandò, proferendo parola per la prima volta.

Stavo per rispondere, ma Ash fu più veloce di me. «È la figlia di Zoe, ha tre anni.» Spiegò semplicemente lei.

Abbassai gli occhi certa di non riuscire a reggere lo sguardo tagliente di Andrew.

«Non avevo capito che Zoe fosse sposata.» Disse piano, parlando come se io non fossi lì.

«Oh, non lo è!» Continuò lei. «Zoe è una ragazza madre. Dov'è il bagno?»

Alzai il braccio e le indicai la porta. L'avrei volentieri accompagnata per buttarla nel water e tirare lo sciacquone.

Invece non mi mossi, tutto il mio coraggio era andato a farsi benedire, Ashley era riuscita a sconvolgere la mia vita.

«Quindi hai avuto una figlia?» Chiese freddo.

Mossi il capo facendo segno di sì.

«E ha tre anni.»

«Sì...», Stavo per aggiungere non so bene cosa, ma lui non mi fece continuare.

«Non hai perso tempo Zoe.» Le sue parole erano glaciali. Avvicinò il suo viso al mio allungandosi in avanti e appoggiando le braccia sulle ginocchia. «È per questo che non ti ho trovato a casa quella sera? Stavi cercando qualcuno che prendesse il mio posto? Che ti scopasse come facevo io?» Sibilò cattivo.

«Andrew io...»

«Ma probabilmente ti facevi già sbattere quando stavi con me. Avrei dovuto capire che razza di donna eri. Non mi stupisce che il padre di tua figlia ti abbia lasciata da sola, mi spiace solo per quella creatura…»

«Fatto!» Esclamò Ashley interrompendo così il discorso di Andrew.

Lo stavo guardando con gli occhi sbarrati dall'orrore, avrei voluto prenderlo a schiaffi, fargli rimangiare ogni disgustosa parola che mi aveva vomitato addosso. Invece me ne rimasi ferma, impietrita, non riuscendo a muovere un muscolo.

Prima che incominciasse quello sproloquio stavo per dirgli che avrei voluto parargli in privato, che gli avrei spiegato. Ero pronta anche a chiedergli scusa.

Lui invece mi aveva attaccato senza sapere nulla. Facendo solo delle congetture del tutto sbagliate nella sua testa.

«Allora hai pensato alla mia proposta?» Ashley era radiosa. Sapeva di aver colpito nel segno, era stato quello il suo intento, ma se solo avesse saputo chi era il padre di Olivia quel sorrisetto da stronza sarebbe sicuramente scomparso.

«Mi dispiace Ashley, ma la mia risposta è no.» Il mio era quasi un ringhio. «Chiedi a una delle tue *tante* amiche. Mia figlia di certo non ti farà da damigella.» Sbottai esasperata. «Non sai neppure che faccia abbia la mia bambina! E ti dirò di più, depenna pure il mio nome dal vostro matrimonio perché io non ci sarò!»

Mi alzai di scatto, ma la voce di Ashley mi bloccò.

«Qual è il problema Zoe? Sei dispiaciuta che per una volta non sei tu al centro dell'attenzione? Non pensavo fossi diventata così egoista!»

Quella ragazza mi avrebbe certamente portato al manicomio, oppure in galera. La voglia di stringere le mie mani intorno al suo collo era talmente forte che mi stupii di riuscire a controllare i miei istinti.

«Tu sei pazza Ash.» Ringraziai Dio che in quel momento ci fossero solo Loren e un cliente abituale all'interno del Café, ad assistere a quel siparietto poco edificante. «So perfettamente cosa stai facendo e non funzionerà.» Dissi perentoria, sperando di chiudere lì il discorso.

Non potevo continuare a tacere e buttar giù bocconi amari, lasciandole la possibilità di affossarmi. La volevo fuori dal mio locale il prima possibile e se questo mio atteggiamento avrebbe intaccato anche i rapporti con sua madre, Joselin me ne sarei fatta una ragione.

Diedi le spalle a entrambi. «Sapete qual è l'uscita.» E senza aspettare risposta o reazione, tornai nel laboratorio.

* * *

«Se ne sono andati.» La voce di Karen arrivò dolce alle mie spalle. «Puoi tornare di là, Olly dovrebbe arrivare tra poco, falla venire qui.»

«Ok, se hai bisogno chiamami...» Disse gentile lasciandomi sola.

Continuai a sbattere le uova dentro il tegame, non ricordandomi perché lo stessi facendo, forse solo per calmarmi, la mia bambina sarebbe arrivata a minuti e non poteva certo vedermi così sconvolta. Non vedevo l'ora di abbracciarla, di sentire il suo profumo di miele, di ascoltare la sua voce mentre mi diceva che mi voleva bene.

Le parole di Andrew mi vorticavano pericolosamente in testa: *"Ma probabilmente ti facevi già sbattere quando stavi con me".*

Come aveva potuto pensare una cosa del genere?

Davvero mi conosceva così poco?

Scrollai la testa, pensando all'assurdità della sua affermazione, se avesse saputo la verità non avrebbe parlato con tanta leggerezza.

Ma lui non poteva sapere quanto tempo e fatica avevo impiegato prima di concedermi a un altro uomo.

Tre anni.

Avevo conosciuto Jeff dal pediatra. Era un uomo divorziato di trentatré anni, indubbiamente affascinante, ma terribilmente asfissiante. E io non volevo legarmi a nessuno, non quando il mio cuore era ancora occupato da Andrew.

Jeff e io, ci eravamo frequentati per un paio di mesi e il sesso ciò di cui più avevo bisogno, era stato davvero molto deludente. O forse, semplicemente, le mie aspettative erano troppo alte. Perché fare l'amore con Andrew, era ogni volta come raggiungere la punta del Transamerica Pyramid, e lasciarsi poi cadere ad occhi chiusi, per riaprirli e atterrare su di un cuscino fatto interamente di *piacere*.

Con Jeff invece, non era stato neanche lontanamente avvicinabile. Lui era stato il primo e l'ultimo dopo Andrew.

Nonostante lo avessi lasciato da una decina di mesi, non perdeva occasione di venire al mio Café almeno un paio di volte a settimana e chiedermi ogni dannata volta di dargli un'altra possibilità. Ma venni strappata da quei pensieri dalla porta che sbatteva.

«Zoe!»

Feci cadere la ciotola sul tavolo da lavoro, spaventata e sorpresa da quell'intrusione, il suo tono di voce non prometteva nulla di buono.

«Cosa vuoi?» Domandai seccata prestandomi a pulire le uova sparse ovunque.

«No, tu cosa vuoi? Perché hai dovuto trattare Ash in quel modo?» Chiese furioso.

«Che tenero, sei venuto a difendere la tua dolce fidanzata!» Affermai sarcastica senza mai voltarmi verso di lui.

«Non ti riconosco più…»

Mi voltai di scatto fulminandolo con lo sguardo. «Tu non mi hai mai conosciuta, Andrew. Come non conosci la persona che stai per sposare!» Sbottai arrabbiata. Come si permetteva? Chi credeva di essere per venire lì e accusarmi di qualcosa?

«Io conosco Ashley!» Controbatté alzando il tono della voce. «Tu piuttosto, ti sei dimenticata quanto ha sofferto?»

«Quanto ha…» Non riuscii neppure a finire.

«Sofferto Zoe! Dio non ti credevo così egoista, per lei sei come una sorella, da quello che mi ha detto. E tu l'hai trattata come se fosse un persona orribile.» Si passò la mano fra i capelli, segno che la frustrazione lo stava portando al limite. «Lo sai quanto ha sofferto per la morte di suo padre!»

«Ti ha raccontato?» Sussurrai quella domanda troppo piano, forse non mi aveva neppure sentita.

«Certo!» Esclamò ovvio. «È la mia fidanzata.»

«E cosa ti ha detto?»

«Mi ha raccontato dell'incidente. Di come sia stato difficile per lei superare quella perdita.»

«Solo quello? Non ha detto altro?» Sapevo già la risposta perché io a differenza di Andrew, conoscevo troppo bene Ash e se c'era al mondo qualcuno che non avrebbe avuto scrupoli a usare e a modificare a suo piacimento la prematura morte di un genitore, quella era lei.

«No. Avrebbe dovuto?» Domandò scettico.

«No, certo che no.»

«Le farai da damigella?»

Come poteva chiedermi tanto? Era davvero così cieco?

Quello che però mi fece più male, fu vedere come combatteva per lei. L'amava, era ovvio.

Ashley era riuscita dove io avevo fallito, l'uomo che possedeva il mio cuore e la mia anima, era innamorato di un'altra.

«Andrew io…»

Ma venni interrotta dalla porta del laboratorio che si aprì improvvisamente. E comparve Olly come un uragano corse ad abbracciarmi.

«Mamma!» Mi strinse forte. «*Ciò* tante cose da *accontattiʔ*»

Andrew che era di fronte a noi, riusciva a vedere solo la testolina di Olivia e i suoi capelli lisci e neri.

«Zia Mag?» Le domandai.

«È andata, tonna dopo.»

Le sorrisi e mi piegai alla sua altezza dandole un bacio sulla fronte. «Amore vai da Karen e fatti dare un muffin, io arrivo subito.»

«Sì, sì.» Batté le manine felice. «Vado.»

Si girò velocemente e solo allora si accorse della figura di Andrew. Gli occhi di lui si sbarrarono per la sorpresa, arretrò come se si fosse spaventato. Aprì la bocca per dire qualcosa, ma la richiuse subito.

Aveva capito.

«Tu chi sei?» Chiese curiosa Olly, rivolgendosi a uno scioccato Andrew, che restava zitto con l'espressione di chi aveva davanti a sé un fantasma.

«Lui, amore.» Le spiegai con calma. «È il fidanzato della figlia di zia Josy.»

«Quella che la zia Alys chiama Oca?»

Se non fosse stata per la drammaticità della situazione, sarei scoppiata a ridere di cuore.

I bambini sono la bocca della verità!

«Olly, sai che non devi ripetere quello che dice la zia Alys!»

«Scusa mamma.» Poi fissando Andrew gli chiese: «Lo sai che hai gli occhi come i miei?»

Lui la guardò allibito per poi spostare l'attenzione su di me. Era giunto il momento, ed era arrivato nel peggiore dei modi.

«Olly vai di là. Fatti dare un muffin da Karen, io arrivo subito.»

Lei annuì e saltellò fuori dalla stanza, lasciando me e Andrew da soli ad affrontare l'inevitabile.

«Andrew io…»

«Stai zitta.» Disse brusco inchiodandomi sul posto con lo sguardo colmo di odio. «Ora devo andare, Ash mi starà aspettando in macchina.»

«Andrew…»

«Zitta!» Sbatté un pugno sul mio piano di lavoro. «Ti aspetto stasera alle nove. Tu sai dove.»

E se ne andò, lasciandomi lì, conscia di quello che mi sarebbe aspettato quella sera.

6

La sera era calata su San Francisco e le strade erano fortunatamente poco trafficate. Raggiunsi il luogo del nostro incontro venti minuti prima del previsto, ma quando mi trovai di fronte alla ragazza della reception mi sentii pervadere da un'angoscia profonda.

Dovevo solo dire poche parole, eppure sembrava che qualcuno mi avesse sottratto la voce.

«Signora, posso esserle utile?»

La domanda mi fu posta da una ragazza di poco più di trent'anni, vestita con un completo nero e una camicetta color avorio. I capelli raccolti in uno chignon castigato e un paio di occhiali con la montatura fine.

«La stanza del signor Cooper, mi sta aspettando.» Dissi piano.

«Signorina?» Chiese in modo professionale.

«Evans.»

Controllò sul computer per avere conferma, e poi annuì.

«Questa è la chiave magnetica della stanza, il signor Cooper la sta aspettando. Deve andare…»

«So dove devo andare, grazie.» Le sorrisi gentile mentre con una mano afferrai la piccola tessera coloro oro. La ragazza mi salutò con un cenno del capo e con gambe tremanti entrai nell'ascensore, per correre in contro al mio destino.

Rimasi a fissare la porta, che conoscevo fin troppo bene, per molto tempo, non trovando il coraggio di entrare. La mano era ferma in aria. Avevo paura…

Di lui.

Di me.

Di noi.

Di Olivia.

Del mio amore mai sopito.

Di quello che quella Suite rappresentava.

E la mente tornò a quella prima sera…

«Ciao.» Pronunciai piano, intimorita nel ritrovarmi in un terreno a me sconosciuto.

La sua Suite al Mandarin Oriental.

«Vieni, ti mostro la Suite.» Disse appoggiandomi la mano poco sopra i glutei. Quel contatto mi trasmise una scarica elettrica che percorse tutto il mio corpo, mozzandomi il respiro.

Mai un uomo aveva avuto un tale ascendente su di me, era una sensazione del tutto nuova, quasi primordiale. Lo volevo, negli ultimi tre giorni non avevo fatto altro che pensare a lui: ai suoi occhi, al suo odore e al suo bacio. Andrew mi faceva uscire di testa.

Non feci molto caso a quello che mi stava mostrando, ero troppo presa a guardare lui, a osservarlo mentre con naturalezza si muoveva per ogni stanza, come se fosse casa sua e non solo una sistemazione provvisoria.

«Ed ecco perché non ti ho fatto ancora togliere il cappotto…» Aprì le porte scorrevoli che davano sul terrazzo che delineava tutta la suite e solo in quel momento mi resi conto che l'alloggio di Andrew occupava una buona parte dell'ultimo piano. La vista che si aveva era strabiliante. L'oceano sembrava

così vicino, ed era stupendo illuminato solo dalle luci della città.

Mi avvicinai al parapetto per ammirare meglio il panorama.

«È stupendo!», ammisi sincera.

«Già.» Confermò lui affiancandomi e guardando dritto di fronte a sé.

«Quanto ti fermerai qui?»

«Non lo so, dipende dal tempo che impiegherò a sistemare i miei affari.»

«Viaggi molto?» Domandai cercando di carpire qualcosa di più su di lui. Non volevo basarmi esclusivamente su ciò che avevo letto su internet.

«Sì, da quando ho finito l'università e sono entrato in azienda.»

«Che università hai frequentato?» Chiesi distogliendo lo sguardo dall'oceano e voltandomi verso di lui. Il suoi occhi scintillavano, sembravano quasi argentati, magnetici. Lui non si girò, restò a fissare l'orizzonte.

«Yale. E tu?»

«Ho fatto solo il liceo…» Dissi con un po' d'imbarazzo.

Si girò verso di me osservandomi serio. «Cosa ti ha impedito di proseguire gli studi?»

Mi irrigidii. «Ho avuto dei problemi famigliari.»

Le sue labbra si aprirono come a voler dire qualcosa, ma poi ci ripensò e tornò a guardare lo specchio d'acqua davanti a lui e io feci lo stesso.

«Hai qualcuno fuori di qui?»

«No.» Risposi secca.

«Sarà più semplice.» Osservò sorridendo.

«Cosa intendi?»

«Quando vorrò vederti, tu sarai disponibile.» affermò ovvio.

«*E cosa ti fa credere che io vorrò rivederti?*»

Afferrò la mia mano attirandomi a sé e con quella libera s'insinuò nei miei capelli facendomi inclinare la testa, avendo così libero accesso al mio collo.

Si abbassò posando piano le labbra sulla mia pelle. «*Dopo questa sera sarai tu a volerne ancora...*» *Morse la mia carne. Quel gesto, mi fece scappare un piccolo gemito.* «*E poi ancora. Non ne sarai mai sazia.*» *Concluse, facendo percorrere il mio corpo da mille brividi.*

«*Andrew...*» *Ansimai mentre lui continuava quella dolce tortura.*

«*È ora di mostrarti la mia camera da letto...*»

Non capii come un momento prima fossi sul terrazzo e quello dopo nella sua stanza, con Andrew che mi guardava come se fossi del miele caldo e lui un orso affamato.

Mi tolse il cappotto lasciandolo cadere a terra, mise le mani a coppa sul mio viso e si chinò per baciarmi. Ma quando fu a poco più di un centimetro di distanza si fermò.

«*Sei così bella...*» *Alitò piano formando con i pollici dei piccoli cerchi sulle mie guance.* «*Non ho fatto altro che pensare a questo momento...*» *Le sue mani scesero piano fino al colletto della mia camicetta. Con una lentezza infinita iniziò a slacciare i bottoni, uno dopo l'altro. Sentivo il battito accelerare ogni volta che un piccolo dischetto si liberava dalla stretta della sua asola. Si abbassò e mi depositò un bacio ne solco tra i seni.* «*La tua pelle...*»

«*La mia pelle cosa?*» *Ansimai non riuscendo a muovermi, bloccata dalla troppa eccitazione.*

«*È deliziosa.*» *Baciò ancora strofinando il naso sul mio seno destro.* «*Sai di vaniglia e cannella.*»

«*Sono...i dolci*» *Sussultai quando con i denti scostò il mio reggiseno in pizzo.*

«*Tu sei un pasticcino e quello che voglio sopra ogni cosa è assaggiarti.*»

Prese in bocca un mio capezzolo e lasciai andare la testa all'indietro. «*Oh Andrew...*»

Scese verso il mio ventre e con la lingua giocò con il mio ombelico. Sentivo a ogni sua carezza l'eccitazione crescere dentro di me, in maniera incontrollabile.

Le sue mani erano impegnate ad abbassare la cerniera dei miei jeans, poi mi alzò prima una gamba poi l'altra per sfilarli. Sentivo le sue dita ovunque: sui polpacci, sulle cosce, sulle mie natiche. Andrew era ovunque.

Abbassai lo sguardo e lo vidi inginocchiato, con il viso all'altezza del mio pube.

«*Andrew cosa...*» *Mi si mozzò il fiato quando le sue dita scostarono piano l'elastico degli slip ed iniziarono a muoversi lente nel centro del mio piacere.*

«*Aspetta... Ah...*» *Quando la sua lingua prese il posto delle dita, un piccolo grido scappò incontrollato dalla mia bocca.*

In un gesto fulmineo mi abbasso le mutandine, allargandomi subito dopo le gambe e riprendendo a lambire la carne morbida e pulsante in mezzo alle mie cosce.

Si staccò di qualche centimetro. «*Dio, sei stupefacente... sei così dolce...*» *Leccò come se fossi un gelato.* «*Così calda... Così... stretta...*» *Un dito, seguito subito dopo da un altro, s'insinuarono in me, facendomi ansimare.*

«*Voglio sentirti venire...*» *Leccò ancora con avidità, soffermandosi a succhiare il mio clitoride.* «*Nella mia bocca... sulle mie mani.*»

Fu un attimo e m'incendiai, dalla mia bocca uscì un urlo, mentre dentro di me esplose l'orgasmo più potente che avessi mai provato. Mi aggrappai alle sue spalle scossa dagli spasmi.

«*Sì piccola, così.*»

Ripresi fiato a fatica e lui si rialzò stando dritto di fronte a me. Ero totalmente nuda, mentre lui era completamente vestito.

Inclinai la testa sorridendo. «Non è forse ora che anche tu ti privi di questi inutili indumenti?» Domandai con fiato corto e una sfacciataggine che non mi apparteneva, ma ormai dopo quello che era appena accaduto non avevo più nulla da perdere o da tenere celato ai suoi occhi.

Feci un passo verso di lui e allungai le braccia per afferrargli i bordi della maglia, ma lui mi bloccò i polsi ghignando.

«Qui sono io che comando, piccola.»

Mi buttò letteralmente sul letto e lo osservai spogliarsi con foga. Rimanendo affascinata alla vista del suo corpo.

Perfetto.

Gli addominali ben scolpiti, ma non eccessivamente grossi. Le gambe muscolose e poi... il suo pene.

Era magnifico.

Mi venne da ridere.

«Ti diverte ciò che vedi?»

«No, stavo solo pensando.»

«A cosa?» Domandò curioso mentre apriva un cassetto e ne estraeva un preservativo.

«Al tuo pene.» Ammisi sincera.

Si voltò alzando un sopracciglio. «Ha qualcosa di buffo?»

Scossi il capo. «No no! È che nella mia mente ho pensato fosse meraviglioso.» Indicai il suo basso ventre, con le guance imporporate da un po' d'imbarazzo. «E mi sembrava una cosa sciocca.»

Ruppe la plastica che avvolgeva il profilattico e lo appoggiò sulla sua punta, per poi srotolarlo su tutta la sua lunghezza.

Mi leccai le labbra, trovando quella scena estremamente eccitante.

«*Sono felice che ti piaccia.*» *Disse salendo sul materasso e avvicinandosi a me.*

«*Avrei voluto fare molti altri giochi con te questa sera, ma dovremo posticiparli.*» *Parlò sensuale allargandomi le gambe con un ginocchio.* «*Ho troppa voglia di affondare in te.*»

Passò la mano tra le mie gambe e io restai a guardarlo come ipnotizzata. L'azzurro dei suoi occhi cambiava colore in base al suo stato d'animo e in quel momento le sue iridi si fecero più chiare. Sembravano azzurre come il cielo limpido.

«*E tu sei pronta per me…*».

La sua punta premeva contro la mia entrata facendosi largo in me delicatamente. Sentii un po' di dolore, era passato qualche mese dall'ultima volta che avevo fatto sesso, ma Andrew fece in modo di farmi abituare alla sua intrusione.

«*Dio…*» *Gemette sulle mie labbra.* «*Sei sicura di non essere vergine?*».

«*No, non lo sono.*» *Iniziai ad ansimare appena i suoi movimenti si fecero più veloci e decisi.*

«*Sei perfetta.*»

Afferrandomi la caviglia, alzò la mia gamba sulla sua spalla. In quella posizione lo sentii tutto.

Mi lasciai completamente andare a lui, seguii le sue spinte. Era pazzesco come riuscivamo a essere una cosa sola, non sembrava la prima volta che il suo corpo si perdeva nel mio. Non avevo mai provato nulla di tanto intenso, avrei voluto andare avanti ancora per molto, ma l'ondata di calore crebbe nel mio basso ventre e senza poterne fare a meno venni di nuovo, seguita poco dopo da lui.

«*Zoe…*» *La sua voce roca ebbe la capacità di farmi fremere. La cosa più assurda era che non ne avevo abbastanza, lo volevo ancora.*

Andrew rotolò al mio fianco respirando affannosamente e guardò il soffitto, non disse nulla per qualche minuto.

«Prendi la pillola?» Domandò poi di punto in bianco.

«Sì.» Risposi un po' sorpresa.

«Bene, andremo a fare gli esami del sangue per essere sicuri.» Mi accarezzò l'interno coscia facendomi eccitare nuovamente. Nonostante avesse detto una delle cose meno sensuali che avessi mai sentito. «E poi finalmente potrò sentirti davvero... sentirti tutta.»

Non dissi nulla, annuii e basta, il mio corpo era già suo, gli era bastato toccarmi per marchiare il suo nome sulla mia pelle.

In quel momento non potevo sapere che avrebbe inciso anche il mio cuore con il suo nome.

«Signorina tutto bene?»

Una voce alle mie spalle mi riportò al presente, e mi volta nella sua direzione. Vidi dietro di me il maggiordomo del piano, un uomo non molto alto con i capelli bianchi e un panciotto rotondo.

«Sì, certo.» Dissi atona.

«Ha problemi con la chiave magnetica?» Chiese cordiale.

«No, grazie.» Risposi tirando un sorriso, entrando velocemente nella Suite e chiudendomi la porta alle spalle. Mi appoggiai alla superficie liscia dell'ingresso, abbassando le palpebre e prendendo un bel respiro.

«Sei in ritardo!»

Sussultai spaventata. Aprii gli occhi e misi a fuoco la sua figura che stava di spalle a qualche metro da me, aveva il braccio disteso sopra la testa e la mano appoggiata al vetro, mentre l'altra era nella tasca dei pantaloni.

«Mi dispiace.» Sussurrai.

«Per cosa esattamente ti dispiace, Zoe?»

Restai in silenzio non sapendo da che parte iniziare.

Si voltò nella mia direzione, mettendo anche l'altra mano in tasca, il suo viso era tormentato, come se fosse braccato da mille demoni e non sapesse come sconfiggerli.

«È mia, vero?» Domandò gelido. In risposta riuscii solo ad annuire. «Quando avevi intenzione di dirmelo?»

«Non ne avevo intenzione.» Ammisi alzando lo sguardo e scontrandomi con i suoi occhi.

«Come hai potuto?» Sibilò.

«Come ho potuto cosa?» Chiesi retorica. «Non dirti che ero incinta?»

«Sì!»

«Be' Andrew, un bambino non era proprio nei nostri piani, no? Era solo sesso e c'è stato un piccolo intoppo.» Parlai piano, anche se dentro di me si stava combattendo una guerra. La me che si sentiva in colpa, contro la me indignata dall'assurdo comportamento di Andrew.

«Quando l'hai saputo?» Persistette con le sue domande.

«Due giorni prima del nostro ultimo incontro.»

«E non ti è passata per quella tua testa che io avessi il diritto di sapere? Non hai creduto necessario dirmi che stavo per diventare padre e dare anche a me la possibilità di scegliere?» Ringhiò contro di me.

La mia reazione fu assolutamente inaspettata, scoppiai a ridere. Non perché fossi divertita dalla cosa, ma semplicemente mi sembrava assurdo ciò che mi stava chiedendo. Si era per caso dimenticato del modo in cui mi aveva trattato? L'indifferenza che aveva usato per chiudere con me?

«Cosa cazzo hai da ridere?»

«Sei ridicolo!»

«Sono cosa?» Il suo viso si fece paonazzo e nei suoi occhi vidi crescere una collera incontrollata.

«Oh, dai Andrew, smettila con questa sceneggiata. Non te ne importa nulla. Come non ti sarebbe importato nulla quattro anni fa. Anzi, con ogni probabilità mi avresti accusato di volerti incastrare e avresti spinto per un aborto.» Sbottai, buttando fuori emozioni e sentimenti che per troppo tempo avevo tenuto dentro di me.

«Io dovevo sapere!»

«No, non dovevi. Io non volevo nulla da te, né la tua compassione né tanto meno i tuoi soldi. E tu non volevi me e di certo non avresti voluto Olivia. Ho fatto quello che era meglio per noi!»

Mi fissava scioccato, c'era qualcosa di strano nel suo sguardo. La stessa cosa che avevo visto al ristorante, ma anche quella volta durò troppo poco. «Cristo Zoe, ho una figlia di tre anni e mezzo.» Si sfregò il viso con le mani.

Feci dei passi nella sua direzione ma lui mi bloccò.

«Non ti avvicinare. Sono davvero incazzato!»

In uno scatto d'ira tirò un pugno contro la parete più vicina, io sobbalzai all'indietro spaventata, ma lui non fece una piega. Rimase lì con la mano chiusa e il braccò disteso lungo il corpo.

«Ho una figlia.» Ripeté più a se stesso che a me.

«No Andrew, io ho una figlia. Olivia è mia, non sei in obbligo con noi. E se il tuo timore è quello che Ashley venga a sapere la verità, non ti devi preoccupare. Non dirò nulla, non è mia intenzione rovinarti la vita.»

«Perché, cosa cazzo credi di aver fatto nascondendomi la gravidanza?»

«La cosa giusta!» Urlai agitando le mani. Ma stavo mentendo, omettergli che stava per diventare padre era stato sbagliato, lo sapevo.

Lo avevo sempre saputo.

«Sei davvero una donna meschina…»

Rimasi allibita da quella sua uscita, che trovai parecchio fuori luogo.

«Non osare!» Lo indicai minacciosa con l'indice. «Non. Osare!»

«Ha ragione Ash! Tu sei…»

Non lo feci finire, mi avventai su di lui schiaffeggiandolo con forza. Gli occhi mi bruciavano, le lacrime di rabbia spingevano per uscire. E le sue parole pesavano sul mio cuore dolente.

Andrew mi guardò adirato, massaggiandosi la guancia arrossata. «Tu sei pazza!»

«Hai ragione. Sono pazza!» Ammisi. «Ero venuta qui per parlare, per ammettere i miei errori. Ma tu te ne stai lì, a giudicare me! Chi ti credi di essere? Avermi scopato per un anno non ti dà nessun diritto su di me, o su mia figlia.»

«È anche mia!»

«Dimmi *Drew*, se quella mattina ti avessi informato della gravidanza, tu cosa avresti fatto?»

«Non lo so! Non mi hai dato la possibilità di scoprirlo… e non chiamarmi così!» La sua voce era bassa e profonda.

«*Drew*…» Insistetti. «Non è così che ti chiama la tua *fidanzata*?»

«*Tu non sei lei!*» Sputò fra i denti, colpendomi al cuore per la veridicità di quelle parole.

Abbassai il capo mandando giù quell'ennesimo boccone amaro. «So di non essere lei.» Sospirai stanca, stavamo perdendo tempo. «Senti. Litigare e accusarci non servirà a nulla.

Ora sai la verità, come sai che io non voglio nulla da te.» Puntai i miei occhi nei suoi. «Prenditi il tempo che vuoi, fai quello che è meglio per te, come io allora feci ciò che era meglio per me e mia figlia.» Mi avvicinai a lui di qualche passo e la mia espressione passò da seria a grave. «Sappi solo che se deciderai di fare parte della vita di Olly, non ti permetterò di spezzarle il cuore.»

"Come hai fatto con me".

Andrew si chiuse in un silenzio assordante e io mi avvicinai alla porta per uscire. «Il mio numero di telefono è sempre lo stesso Andrew, se vorrai parlare di Olivia chiamami. Altrimenti… ti auguro il meglio.»

* * *

Arrivai a casa e pagai Jenny, che si era occupata di Olly in mia assenza. Controllai che stesse dormendo e che il mio arrivo in casa non l'avesse svegliata.

Era lì, nel suo lettino con le manine sotto il mento rannicchiata su se stessa. Il suo musino era rilassato e le labbra socchiuse.

Gli assomigliava così tanto!

Spensi la luce che proiettava le stelline sulle pareti e richiusi piano la porta per poi tornare in soggiorno.

Mi sedetti sul divano guardando davanti a me, i pensieri vorticavano pericolosi. Non capii qual era il mio stato d'animo. Ero inquieta, triste, sollevata e angosciata. Un mix destabilizzante, ma cercai di concentrarmi sull'unico positivo: mi sentivo sollevata. Ero riuscita a liberarmi di quel peso, di quella che non era una bugia, ma una verità celata. Aver raccontato tutto a Andrew mi aveva fatto sentire meglio. E di questo ero grata, ma allo stesso tempo, trovarmi di fronte all'uomo che avevo amato e bramato nei miei sogni più segreti, mi aveva straziato il cuore. E le sue parole lacerato l'anima: "Tu non sei lei!". Certo che no! Lei stava per sposarla mentre io non ero mai stata nulla.

Mi sciolsi i capelli, legati in una coda di cavallo e massaggiai la cute così da poter provare un po' di sollievo e forse fare ordine dentro la mia testa.

Dopo quella serata avevo un'unica certezza: lo amavo ancora come quattro anni prima.

7

Era finalmente arrivata la domenica mattina e non una qualunque, ma quella che apriva le mie tre settimane di ferie. Come l'anno precedente avevo deciso di chiudere Il *Café for You* per cinque settimane: le prime tre settimane di luglio e poi le prime due di gennaio.

Io e Olivia non saremmo andate via, ma avremmo fatto qualche gita e avrei colto l'occasione per riposarmi. Fortunatamente il suo asilo non chiudeva mai, se non per dieci giorni ad agosto, ma c'era la possibilità di mandarla al centro estivo o in caso potevo sempre far affidamento su Jenny.

Presi una tazza di caffè e guardai fuori dalla finestra, erano solo le otto, Olly dormiva e la città si sarebbe svegliata di lì a poco sotto un cielo azzurro e un sole caldo. Avrei potuto portarla al Golden Gate Park, lei lo adorava e la giornata permetteva qualsiasi cosa.

Buttai giù un sorso di caffè nero e aprii l'anta della porta finestra per far entrare un po' di aria in casa.

Chiusi gli occhi e mi godetti quel momento di pace, ma il volto di Andrew adirato apparve improvvisamente nella mia mente.

Andrew…

Erano passati cinque giorni, non si era fatto né vedere né sentire. In cuor mio avevo sperato che si facesse vivo per conoscere Olly, che averla guardata anche solo una volta gli avesse fatto capire quanto speciale lei fosse. Ma non potevo pretendere nulla, io avevo avuto ben sette mesi per abituarmi all'idea di diventare genitore, lui invece, neppure un secondo.

Nel bel mezzo dei miei pensieri, qualcuno suonò il campanello della porta sul retro e scesi veloce le scale che portavano al piano inferiore, sperando che Olly non avesse sentito il rumore. Aprii il portone e rimasi stupefatta di trovarmi Andrew davanti. Indossava un paio di pantaloni della tuta neri, una maglietta bianca con la scritta Yale sul torace e delle Nike. Era strano vederlo così sportivo, ma ciò che mi sconvolse era l'espressione del suo viso: aveva gli occhi stanchi e la barba incolta. Lo trovai *drammaticamente* irresistibile.

«Ciao.»

«Zoe.»

«Cosa ci fai qui?» Chiesi nervosa, pentendomi subito di quella domanda inutile.

«Lo sai.» Aveva ragione, lo sapevo.

«Olivia sta dormendo.» Lo feci entrare indicandogli la scala che portava al piano superiore. «Fai piano.»

Mi oltrepassò, senza dire nulla e io potei inebriarmi con quell'odore che solo lui possedeva.

Lo seguii in silenzio all'interno del mio appartamento, mentre lui si piazzò al centro del soggiorno. Si guardò attentamente attorno, osservando la sala che non era grande ma piuttosto accogliente. I colori erano simili alla sua Suite, me ne resi conto in quel momento. Forse inconsciamente avevo ricreato in piccolo uno dei luoghi a cui ero più legata. Un paradosso, ma le serate con lui erano state magnifiche, nonostante alla fine ne fossi uscita a pezzi, portavo nel cuore molti momenti vissuti lì.

Non disse nulla a riguardo, probabilmente non se ne rese neppure conto.

«A che ora si sveglia?» Chiese riferendosi chiaramente a Olivia.

«Di domenica normalmente alle nove e mezza.»

«Bene.»

«Vuoi del caffè, Andrew?»

«Sì… grazie.» Sembrò titubante.

«Aspettami in terrazzo così non le daremo fastidio.»

Mi fece un cenno con la testa, oltrepassando la portafinestra scorrevole. Lo raggiunsi poco dopo, con due tazze di caffè e un piatto di biscotti al burro con scaglie di cioccolato e cocco, i suoi preferiti. Appoggiai il vassoio sul tavolino di vimini e gli porsi la sua caraffa.

«Grazie.» Mormorò guardando ciò che avevo portato.

«Mi dispiace per averti dato uno schiaffo.» Buttai lì guardando il movimento del liquido scuro nella mia tazza.

«Non pensavo avessi tanta forza.» Osservò, abbozzando un mezzo sorriso.

«Tu non sai molte cose di me, Andrew.»

«Già…» Sospirò rumorosamente. «Quando è nata?»

«Il dieci ottobre del duemila e dieci.»

«Tre dieci.»

«Olly è speciale. È una bambina straordinaria.» Dissi fiera.

«Vorrei conoscerla.»

Boom!

A quelle parole persi un battito. «Ne sei sicuro?» Domandai con voce tremante.

«Sì!» Ammise lasciandosi andare sullo schienale della sedia. «In questi giorni non ho pensato ad altro. Io… me lo devi.»

«Hai ragione. Però faremo le cose con calma.» Parlai mantenendo il tono della voce basso.

«Per il momento…» Aggiunse lui.

«Ashley lo sa?»

«No e per ora non glielo dirò.» Spiegò guardandomi negli occhi.

«State per sposarvi, prima o poi dovrai…»

Mi bloccò. «Lo farò, ma prima voglio conoscere io, *mia figlia*.» Allungò una mano per afferrare un biscotto. «Sono buonissimi, li hai fatti tu?»

Trovai assurdo che fossimo lì a parlare tranquillamente, quando solo pochi giorni prima avevamo dato in escandescenza. Forse, questo significava che avremmo potuto trovare un punto d'incontro per Olivia. Avrei fatto qualsiasi cosa per darle la possibilità di avere un padre al suo fianco. Anche se questo significava conficcarmi un pugnale al cuore ogni volta che io e Andrew ci saremmo visti.

«Sì. Li ho fatti io.»

«Sono i miei preferiti.» Disse prendendone un altro.

«Lo so Andrew, sono anche i preferiti di Olivia.»

Vidi i suoi occhi brillare. «Mi assomiglia molto.» Osservò perdendosi con lo sguardo, probabilmente stava ripensando al loro primo incontro.

«Non ne hai idea!»

«Non ti ho perdonata, Zoe.» Mi raggelò con quelle cinque parole. «Sarà difficile dimenticare ciò che mi hai negato, ma ora voglio solo conoscere Olivia. E questo m'impone di essere il più possibile gentile con te, ma se potessi lo eviterei.»

«Andrew, non voglio e non devo giustificarmi più con te. Se non capisci il perché dei miei comportamenti non posso farci nulla. Ma non ti preoccupare, hai spiegato il punto.

L'unica cosa importante è il bene di Olly. Non importa se mi odi.»

«Non ho detto che ti odio, non potrei mai odiarti. Ma sono molto arrabbiato. Anzi direi che furioso renda meglio l'idea.»

Stavo per ribattere, quando la vocina di Olivia s'intromise nel nostro dialogo.

«Mamma?»

Ci voltammo entrambi verso di lei che ci guardava sfregandosi gli occhietti.

«Sei già sveglia amore?» Domandai cambiando totalmente inclinazione della voce.

Lei annuì, per poi prestare attenzione a Andrew. «Ciao.» Disse Olivia con quella sua vocina ancora un po' addormentata.

«Ciao Olivia.» Rispose Andrew, guardandola con un'espressione che mai gli avevo visto.

«Ci siamo già visti. Giù da mamma, non *pallavi*.»

Mi dovetti trattenere per non ridere, Olivia aveva una memoria incredibile. Oltre a una parlantina davvero fluente per avere tre anni e mezzo. Spesso la chiamavo *la mia piccola radiolina*.

«Ero solo stanco, l'altro giorno.»

Lei lo guardò curiosa piegando la testa. «Sei amico della mia mamma?»

«Sì» Ammise a disagio. «Ma se vuoi posso essere anche tuo amico.»

«Devo chiedere alla mamma.» Si girò verso di me. «Può?»

«Certo Olly.»

Sorrise felice e batté le sue manine come ogni volta che qualcosa la entusiasmava. «Che bello *ciò* un amichetto nuovo nuovo.»

Andrew scoppiò a ridere e io lo osservai di sottecchi, era talmente bello. Come potevo, nonostante tutto, essere così affascinata da lui? Dopo quello che mi aveva detto e fatto, avrei dovuto buttarlo fuori dal mio cuore. Eppure il suo nome, il suo volto, erano sempre presenti. Lo erano stati anche quando lui si trovava dall'altra parte del paese.

Era così vicino che avrei potuto allungare una mano per...

«Mamma fame.» Olivia interruppe le mie insane immaginazioni.

Mi alzai e la feci sedere al mio posto. «Mangia i biscotti, ti prendo il latte. Dopo andiamo a Golden Gate Park?»

«Sì, sì mamma.», Urlò elettrizzata.

Entrai in cucina e lasciai Andrew solo con Olivia, presi il latte dal frigorifero e lo versai nella tazza preferita di mia figlia, scaldai tutto qualche secondo al microonde. Ma i ricordi, anche quella volta, irruppero nei miei pensieri come una valanga.

«Cosa stai facendo?»

La voce di Andrew arrivò alle mie orecchie vellutata e calda, la sua pelle profumava di bagnoschiuma. Mise le sue grandi mani sui miei fianchi e iniziò a strusciarsi facendomi scaldare subito.

«B-biscotti.» Balbettai. «Devo andare a trovare un'amica.»

«Mm...» Strofinò il naso fra i miei capelli. «Sai di buono».

Con una mano mi afferrò la natica, spingendomi verso il ripiano della cucina.

«Andrew...sono le due. Avevi detto che...»

«La riunione...» Mormorò stringendo di più il suo corpo al mio. «Devo andare, ma il discorso è solo rimandato, piccola.»

Lasciò una scia di baci sul mio collo, e poi si allontanò lasciandomi orfano di lui e del suo calore.

«Chiami tu?» Chiesi sapendo già la risposta.

«Come sempre.» Disse arrivando alla porta. «Zoe?»

Mi voltai in sua direzione. «Sì?»

«Aggiungi del cioccolato...»

«Perché?» Domandai curiosa.

«Sono i miei preferiti.» Mi strizzò l'occhio e se ne andò.

Sorrisi tra me e me «Biscotti cocco e cioccolato siano...»

Tornai da loro, ma mi fermai qualche secondo ad osservare quella scena: Olly parlava tutta concitata e sorridente, mentre Andrew la guardava rapito con un gomito appoggiato al tavolino e la mano a reggere il suo mento.

In quel momento mi sentii in colpa.

La mia decisione di non informare Andrew della gravidanza aveva impedito a loro di godere di momenti così. Avevo privato Olivia della possibilità di crescere con un padre al suo fianco.

Scossi la testa e portai il latte alla mia bambina scacciando via quei pensieri, era inutile farsi venire i sensi di colpa in quel momento, avrei però cercato di far funzionare le cose tra loro.

«Tieni tesoro.»

«*Gazie* mamma» Le sorrisi. Aveva ancora dei problemi nel pronunciare la *erre*.

«Mamma, *Anduw po' venie* con noi?»

«Io...» Mi voltai per guardare lui. «Vuoi venire con noi?» Gli chiesi incerta.

«Certo!» Affermò aprendosi in un sorriso meraviglioso. «Vengo molto volentieri.»

* * *

Eravamo arrivati al parco da un pezzo, io e Andrew camminavamo l'una a fianco all'altro silenziosamente, mentre la piccola saltellava di fronte a noi raccogliendo fiorellini al bordo del sentiero. Sembrava così spensierata e felice, nettamente in contrasto con il mio stato d'animo.

Avevo mille sensazioni che mi formicolavano sotto pelle. Alcune brutte, molte altre invece, belle.

Era la prima volta che io e lui uscivamo insieme… in pubblico. Quel lato del nostro rapporto mi era mancato da morire all'epoca, poterlo avere ora, che tutto tra noi era finito, mi faceva male. Sentivo nostalgia di noi, di quello che avevamo avuto e di ciò che avrei voluto da lui. Che sciocca perdermi in quei pensieri, dolorosi e irraggiungibili.

Aprii la bocca per rompere quel silenzio che mi stava asfissiando, ma non seppi neppure io perché, tra tutte le cose che avrei potuto dire, posi l'unica domanda di cui in effetti non me ne importava nulla.

«Allora Ashley dov'è? Cosa ti sei inventato per essere qui stamattina?»

Andrew mi rivolse una veloce occhiata fredda e mettendosi le mani in tasca, si strinse le spalle. «È fuori città per un servizio fotografico.»

Non chiesi né aggiunsi altro che riguardasse lei, o alla fine avrei sproloquiato e l'ultima cosa che volevo era sentire che la difendeva.

Come avevo sempre desiderato che facesse con me.

«Comunque Andrew, potresti anche toglierti quell'espressione dalla faccia. So che ce l'hai con me, ma non m'interessa. Mi hai chiesto di poter conoscere Olly, quindi cerca almeno di sorridere per lei.» Dissi piano per non far sentire nulla alla mia bambina.

«Non dirmi cosa devo fare.»

«Lo faccio eccome, invece. Quella ragazzina laggiù…» Indicai con l'indice Olivia. «È mia figlia e fino a stamattina ha vissuto felice e spensierata. Non permetterò a nessuno di rovinare neanche un minuto della sua vita. Neppure a te!»

«Io non sono nessuno! Sono suo padre!» Ringhiò.

«Purtroppo non lo posso dimenticare.» Il mio cuore si fermò quando mi guardò negli occhi con uno sguardo che avrebbe potuto uccidere. Ma decisi di affondare il colpo. «Ma ho altre opzioni da poter tenere in considerazione…»

«Mi stai minacciando?»

Feci spallucce. «Prendila come ti pare» Borbottai.

«Dovresti capirmi…» Sussurrò esausto.

«Certo, come no!»

«Zoe piantala di usare quel tono» Mi rimproverò. «E insisto, dovresti capirmi. Era l'ultima cosa che mi aspettavo da te, non avrei mai creduto che mi facessi questo, dopo quello che c'è stato tra *noi*.»

Lo guardai scioccata e all'apice dell'esasperazione. Aveva pronunciato quel *noi* come se davvero ci fosse stato qualcosa di più di quello che ci eravamo lasciati alle spalle. Io non avevo dimenticato la nostra ultima mattina insieme, le immagini di come lui mi aveva trattato erano vivide nella mia mente: il suo sorrisetto compiaciuto, le sue parole maligne, la sua voglia di farsi un'ultima scopata di addio.

Cosa pretendeva ancora da me?

«Tra di noi c'è stato solo sesso.» Dissi sicura di me. «Lo hai ribadito fino allo sfinimento quattro anni fa, inizi ad avere problemi di memoria?»

«Fanculo, Zoe»

Buttai l'occhio verso Olly con il terrore che avesse sentito, ma era piegata ad osservare da vicino un fiorellino rosa, non facendo caso a noi.

Afferrai il gomito a Andrew finché non si girò verso di me. «Ehi.»

Quell'espressione affranta non gli donava affatto, mai avevo visto il suo viso così e mi si strinse il cuore.

Che assurdità, eppure era così, nonostante non capissi i suoi sbalzi d'umore: un attimo prima si comportava da stronzo, mentre quello dopo da uomo distrutto e tormentato. Mi stava mandando in tilt e non solo mentalmente. La vicinanza del suo corpo mi accendeva ogni volta come se fosse la prima, avrei voluto picchiarlo, scuoterlo... abbracciarlo, accarezzarlo, baciarlo…

«Mamma, mamma! Posso andare?» Olivia ci interruppe ed io la raggiunsi allargando un sorriso, mentre dentro di me stavo totalmente impazzendo.

«Dove vuoi andare?»

«Lì!» Indicò delle giostrine.

«Certo, cerca di non sporcarti troppo, okay?».

«Va bene, ciao!» Saltellò verso gli altri bambini, in una piazzola con scivoli e altri giochi, canticchiando una canzone dei cartoni animati. Gli occhi grigi di Andrew la osservavano calmi e l'angolo della sua bocca si era sollevato in un modo dolce, era irresistibile in quel momento.

Dovevo smetterla subito.

Smetterla di immaginare noi, insieme, come una famiglia, a scartare i regali di Natale seduti sul pavimento, Olivia addormentata sul suo grembo, lui che mi baciava la fronte prima di andare a lavoro.

Basta, lo dovevo a me stessa, dovevo tornare a vivere. Struggersi ancora per lui non faceva bene alla mia salute.

Non era una situazione facile, specie adesso che Andrew era rientrato inaspettatamente nella mia vita, ma dovevo farlo. Lui stava per sposare Ashley, non c'era niente da fare per cambiare le cose. Non c'era stato mai niente da fare, in fondo, lui non aveva mai pensato a me in quel modo, come la sua donna o la madre dei suoi figli. Lo ero solo per colpa, o merito, dipendeva dal punto di vista da cui si guardava la situazione, dal destino.

Mag aveva ragione, dovevo andare avanti, stare ferma in quel limbo, prima o poi mi avrebbe annientata. Andrew sarebbe stato sempre il padre di Olivia e una mia ex fiamma, niente di più. Avrei cercato di avere con lui un ottimo rapporto, o almeno, ci avrei provato.

Osservai lo spazio intorno a me e vidi che c'erano dei tavoli da pic-nic in legno, abbastanza vicini al parco giochi, così da non perdere mai di vista Olly. Presi un respiro profondo e cerai di recuperare quella mattinata.

«Andrew?» Lo richiamai.

E Dio mio, non lo feci di proposito, ma contro la mia volontà sollevai una mano, come per invitarlo ad afferrarla. Lui allungò le dita e le intrecciò alle mie. Subito. Senza lasciarmi nemmeno il tempo di capire cosa stessi facendo io, figuriamoci lui. I suoi occhi erano incatenati ai miei e per paura che ci leggesse dentro tutto ciò che provavo, m'incamminai verso un tavolino con il cuore in gola e il petto dolorante.

Era fuori luogo.

Fuori dal mondo.

Ma non volevo lasciargliela e lui continuava a tenermela stretta. Mi sedetti e buttai fuori l'aria.

«Mi dispiace» Gli dissi.

«Scusami, pure tu» Borbottò piano. Staccò le dita dalle mie e un senso di delusione mi pervase lo stomaco.

«Dobbiamo cercare di andare d'accordo… per lei» Guardai quello scricciolo che saltellava da un parte all'altra.

«Già.» Confermò lui.

«Ce la faremo…» Dissi per convincermi.

Lui espirò sommessamente, la sua coscia era appoggiata alla mia, contro la pelle lasciata nuda dagli short, sentii con quel contatto tutto il suo colore e ricordai come sospirava durante la notte, quando rimaneva a dormire con me, il modo in cui le sue braccia mi stringevano al suo corpo, ed io che passavo le dita nelle curve dei suoi muscoli imparando a memoria ogni parte di lui.

«Sarà difficile, Zoe. Perché…»

«Perché?» Chiesi senza fiato.

Lui scosse un po' la testa come per allontanare un brutto ricordo. «Cristo...» Il suo sembrò un rantolo sofferente.

«Ci dobbiamo sincerità, almeno ora. Devi dirmi tutto quello che ti passa per la testa, Andrew, parlarne aiuta certe volte. Magari hai dubbi che io posso sciogliere. Ti posso aiutare.»

Gli posai una mano sulla coscia per spronarlo e lui si lasciò andare sullo schienale allungando un braccio dietro di me. Con un tuffo prepotente al cuore mi accorsi che la confidenza dei nostri corpi non era svanita affatto.

«Puoi aiutarmi a dimenticare un anno di te, nuda, sotto di me?».

La mia vista si appannò, ma non per le lacrime. Erano i ricordi che si rincorrevano, si mescolavano e mi facevano vibrare l'anima e mi contorcevano le budella.

«Potrei aiutarti a ricordare, più che altro…» Dissi allusiva, abbozzando un sorriso e cercando di trattenermi per non abbracciarlo con foga e avventarmi su quelle labbra bollenti. Quando la realtà diventava insostenibile usavo il sarcasmo e tutto diventava più leggero. In quel caso era l'unica cosa che potevo fare.

«Piccola impertinente.» Ridacchiò dandomi un buffetto sulla guancia. «Mai invitare il lupo nella tua tana.».

«Oh, per favore, il lupo c'è già stato mille volte nella mia tana, la conosce a memoria, meglio di casa sua... suppongo».

«E se la tua tana diventa come la casa del lupo è pericoloso... Lui potrebbe ritornare...e voler restare» Concluse.

Mi sentii calda, il sangue mi stava affluendo nelle guance e al collo. Quel giochetto era una lama a doppio taglio ed io con i miei sentimenti rischiavo di fraintendere.

Di farmi male...

Il vento agitò gli alberi e una cascata di foglie iniziò a dondolare giù dal cielo. Una ciocca di capelli mi cadde sul viso ed Andrew me la scostò con delicatezza dietro l'orecchio, facendo poi scivolare le dita lungo l'arco del collo.

Dio, quegli occhi...

«Smettila di guardarmi così.» La mia era una supplica.

«Così come?» Sorrise e le sue dita scorsero sulle mie labbra.

«In quel modo.»

«Lo capisci ancora quando ti desidero, eh?».

«In questi anni ho imparato bene il linguaggio del corpo maschile. Voi uomini avete tutti lo stesso sguardo quando siete eccitati.»

«Ah» Esalò mettendosi dritto e stringendo la mascella. «Quindi hai fatto molta pratica.» Non era una domanda, ma una presa di coscienza.

«Sì, proprio come hai fatto tu.» Mentii.

Il silenzio calò tra di noi all'improvviso, gelido. Stavolta non feci nulla per cambiare la situazione, avevo sempre un cuore da proteggere e come una stupida avevo abbassato già troppo la guardia, rispetto al pochissimo tempo che avevamo trascorso insieme. Se continuavamo di quel passo mi sarei buttata fra le sue braccia prima della conclusione della giornata, mandando al diavolo tutti i miei sacrifici e i miei buoni propositi. Ma con Andrew era difficile non fare galoppare i sogni e non avvertire i desideri che mi scatenava. Nonostante le pene che mi aveva fatto passare, io lo amavo tantissimo, più di quattro anni prima.

Non è vero che il tempo guarisce ogni cosa, nel mio caso aveva aggravato la ferita, rendendola inguaribile. Ero certa ormai, che non avrei più amato nessuno come amavo lui. Sì, probabilmente avrei trovato un uomo, accontentando Mag e il mio bisogno di qualcuno che si prendesse cura di me, ma io sarei sempre appartenuta solo e soltanto a Andrew.

Triste e patetico, davvero.

Specie perché lui stava per sposarsi.

Ben presto Olivia si annoiò e ci raggiunse raggiante avvisandoci che aveva fame. Andrew la prese fra le braccia mettendosela in spalla e discutendo con lei sul posto in cui consumare il pranzo. Dio, erano perfetti, il loro feeling era così naturale.

«Happy Meal, happy Meal!», ripeteva la bambina.

Suo padre grugniva con disappunto, odiava andare al Mc Donald's, me lo ricordavo. «Sei proprio sicura? Conosco un altro posto, molto meglio» Cercò di convincerla.

«Happy Meal» Insistette, senza darsi per vinta.

Andrew mi lanciò uno sguardo sconsolato ed io risi di gusto. «Happy Meal sia».

8

Olivia mangiava con calma le sue patatine mentre parlava con la bambolina trovata come regalo nel suo Happy Meal. Eravamo seduti intorno a un tavolo in fondo alla sala, un po' più al riparo dalla confusione delle code. Io ed Andrew eravamo fianco a fianco mentre Olivia era seduta di fronte a noi.

«Queste schifezze sono buone.» Decretò imboccando l'ultimo pezzo del suo panino.

«Sono d'accordo.» Dissi dandogli ragione.

«Anche se per smaltirlo ci vorrà una corsetta di tre ore, come minimo.»

«Ti preoccupi d'ingrassare? Tanto che ti importa, stai per sposarti.»

Fu come darmi un pugno nello stomaco da sola, quella consapevolezza non sembrava mai troppo vera finché non la dicevo ad alta voce, poi diventata davvero troppo reale da sopportare.

«Sposarsi non significa diventare obeso».

Annuii distrattamente persa nei miei pensieri. Certo, Ashley sapeva bene come fargli smaltire le calorie. La odiavo. Si era dovuta prendere l'unica cosa a cui mi fossi mai affezionata prima dell'arrivo di Olivia, e dopo la morte dei miei genitori. Immaginarli insieme mi faceva vedere rosso, ero invasa da tante di quelle emozioni contrastanti che avevo il cervello stanco e il corpo sul punto di crollare.

Anche per i miei sentimenti nei confronti di Andrew valeva la stessa cosa.

Lo amavo e lo odiavo.

Lo volevo e lo respingevo.

Una battaglia incessante con me stessa e con la razionalità che cercavo di richiamare, ma stava tardando a raggiungermi.

Come quella giornata, sembrava di stare sulle montagne russe. Prima litigavamo, poi ci sorridevamo, flirtavamo e infine discutevamo ancora. Roba da far venire la nausea a chiunque. Ma non a me...

«Tutto bene, *piccola*?» Andrew mi accarezzò i capelli. No, non andava bene per niente. Non mi piaceva come mi faceva sentire, debole e in sua balìa. E doveva smetterla di usare quel tono, di cambiare atteggiamento come se fossimo su un ottovolante, non ero una stupida e non mi sarei fatta abbindolare di nuovo da lui.

«Sì.» Grugnii a malo modo.

Lo sentii avvicinarsi, la sua mano mi avvolse la vita, i polpastrelli affondati nella carne sul fianco, il respiro sul mio orecchio.

«Lascia che ti aiuti anche io, come prima tu volevi fare con me. Parlami, Zoe, dimmi cosa ti turba. Dimmi che cosa vuoi».

Certo che mi poteva aiutare, io volevo lui. Mi serviva solo lui, il suo amore e la sua dedizione, tutti miraggi lontanissimi e irraggiungibili. Mi abbandonai contro il suo corpo, attirata da una calamita interiore, invisibile agli occhi, tangibile al cuore.

«Non credo che tu voglia saperlo.»

«Muoio dalla voglia di saperlo». Gli avvolsi la vita in un abbraccio e salii lentamente ad accarezzargli le spalle.

«Allora credo che morirai…»

«Lo credo anche io» Mormorò sul mio orecchio. «Muoio ogni volta che ti guardo, Zoe. I tuoi occhi mi annientano per il senso di colpa, il tuo corpo mi uccide di desiderio…»

«Mammina!» Mi voltai di scatto verso Olivia con le mani tremanti, ricomponendomi a fatica.

Dove voleva arrivare Andrew? Possibile che fosse attratto ancora da me? Possibile che non gli importava nulla del fatto che stesse per sposarsi?

Ed io ero una persona orribile per il modo in cui mi stavo comportando.

In qualche modo la giornata stava lentamente giungendo a suo termine. Ne ero felice anche se…

Cosa sarebbe successo domani? Come si sarebbe comportato Andrew una volta che Ashley fosse tornata? Troppi dubbi ed un'unica certezza: lui non era mio, non lo era mai stato e mai lo sarebbe stato. Dovevo ficcarmelo in testa e smetterla di fare castelli in aria e vederci come una famiglia. Non lo eravamo, una figlia in comune non rendeva me e Andrew una famiglia, ma solo genitori.

Dio, eravamo insieme da qualche ora, ed ero riuscita fantasticare su una vita magnifica, fatta solo di noi tre. Lo osservai di sottecchi, stava spiegando qualcosa di divertente a Olly, ed erano adorabili.

Lei gli teneva la manina e lui sorridendo gesticolava in modo buffo. Avrei voluto fermare il tempo o avere la possibilità di rivivere quella giornata all'infinito. Guardai l'orologio che segnava inesorabilmente le cinque del pomeriggio. Dopo due ore allo Zoo, stavamo ritornando a casa e già pensavo a come mi sarei sentita una volta rimasta da sola con Olly. Quel piccolo scorcio di paradiso si sarebbe trasformato in un limbo d'incertezza.

Presi un grosso respiro e mi avvicinai a loro. «Che state dicendo di tanto divertente?» Chiesi cercando di sembrare tranquilla.

«Mamma! *Andew* dice che i cartoni che *guaddava* lui da piccolo sono più belli dei miei.» Disse concitata mettendo il broncio.

«Oh be', direi che Andrew ha ragione.» Affermai decisa.

«Mamma!» Protestò lei.

Andrew scoppiò a ridere e si fermo nel bel mezzo del marciapiede. «Abbiamo solo un modo per appurarlo.»

«Quale?» Domandò Olly guardando incuriosita Andrew

«L'unico modo per confutare quale sia il migliore cartone animato è vederne uno mio e uno tuo.» Osservò guardando Olivia.

Lei di rimando lo fissava come se stesse parlando in aramaico. «Con... che?»

Non riuscii a trattenermi e scoppiai in una fragorosa risata. Dovetti addirittura tenermi l'addome con le mani. «Andrew... Dio... ha tre anni e mezzo! Non quaranta...» Affermai cercando di calmare i singhiozzi. Quella scena era stata davvero esilarante, mi rivolsi poi a Olivia. «Andrew voleva dire che per decidere quali cartoni siano più belli, ne vedrete uno dei tuoi e poi uno dei suoi, così deciderete!»

Il volto di Olivia da perplesso divenne radioso e i suoi occhi brillarono di emozione.

«Quando *Andew*? Quando?» Chiese agitata.

«Se per la mamma non è un problema possiamo fare stasera?» Disse guardandomi.

«Mamma ti *pego* possiamo?»

Come potevo dire di no, con quei due sarei sempre stata fregata. «A una condizione Olly, stasera mangi i fagiolini!» La ricattai.

«Ma mamma...»

«I fagiolini per due cartoni animati, accetta!» Le suggerì Andrew facendole l'occhiolino.

Olivia sbuffò ma alla fine cedette. «Va bene mammina, mangio tuuuutti i fagiolini.»

«Che film scegli Olivia?» Le chiesi anche se in fondo sapevo già la risposta. Rapunzel.

«Rapunzel!» Strillò facendo voltare un paio di passanti. «Il tuo *Andew*?»

Lui sorrise sornione. «Facile, la spada nella roccia.»

«È sempre stato il mio cartone preferito.» Sussurrai.

«Il migliore secondo me.» Aggiunse riprendendo a camminare.

Tornai per un attimo a quando avevo sei anni e ai sabato sera passati in famiglia: papà che noleggiava una videocassetta, mamma che preparava i popcorn, e poi tutti e tre ci mettevamo sul divano a vedere la televisione.

«Zoe ci sei?» La voce di Andrew s'intromise tra i miei ricordi.

«Cosa?» Chiesi confusa.

«Ti ho chiesto se davvero non è un problema che mi fermi a cena?» Domandò cauto.

«No, figurati. Mi fa piacere cenare con un adulto. Olly è fantastica, ma le conversazioni si concentrano per lo più sui suoi cartoni animati, o sul colore della gonnellina di qualche sua bambola.» Spiegai mentre la piccola saltellava felice un metro avanti a noi.

«Non ti frequenti con nessuno?»

«No. Perché?»

«Mi hai detto che ceni sempre sola con Olivia.» Sembrava a disagio. «E a parte la zia di Ash chi ti dà una mano con Olly?» Era ovvio che volesse sapere di più della vita di sua figlia.

«Ho una babysitter, ma con l'asilo e lavorando per me stessa riesco ad organizzarmi.»

«I tuoi genitori vivono fuori città?»

M'irrigidii a quella domanda, non ne avevamo mai parlato. Io sapevo qualcosa della sua famiglia per via di Google, ma tra di noi avevamo sempre evitato gli argomenti personali.

Respirai piano, provando a non farmi tradire dall'emozione. «Sono morti.» La fitta al cuore che provavo nel pronunciare quelle parole ad alta voce, non accennava a diminuire con il passare degli anni.

Lui si voltò verso di me, scrutandomi con occhi interrogativi. «Mi dispiace, non lo sapevo.» Si scusò.

«Non potevi sapere una cosa di cui non ti eri mai informato.» Mi pentii subito di quella mia uscita, ma parlare dei miei genitori mi rendeva davvero irritabile. «Comunque non ho voglia di parlarne.»

«Certo, come vuoi» Rispose tornando a camminare e a prestare attenzione alla piccola.

* * *

«È pronto!» Urlai affacciandomi nel soggiorno. «Vai a lavarti le manine Olly!»

«Si mammina.»

Notai come la presenza di Andrew le servisse da calmante. Normalmente era un piccolo uragano, pronta a scombussolare ogni cosa o persona, finché la stanchezza non aveva la meglio su di lei. Invece, durante tutta la giornata si era comportata in maniera pacata, senza esagerare, quasi volesse fare colpo su Andrew.

«Ti serve una mano?» Disse lui piazzandosi al mio fianco.

«No grazie, vai pure a sederti fuori. Arrivo fra un minuto.»

«Cos'hai preparato? C'è un profumo eccezionale.» Osservò annusando l'aria e non muovendosi dal mio fianco.

Era così vicino, m'imposi di tenere lo sguardo nella pentola dove stavo terminando la cottura della zuppa di moscardini. «Pesce...» La mia voce era tremante, mi sentivo imbarazzata nel condividere quel momento con lui. Non che fosse la prima volta, era capitato spesso che quattro anni prima cucinassi per lui, ma raramente riuscivamo a consumare il pasto caldo.

«E i fagiolini?»

«Sono in quella ciotola, li ho già conditi. Se vuoi puoi portarli fuori. Io arrivo.»

Afferrò il recipiente sospirando e si diresse in terrazza. La sua presenza mi faceva sentire come un'adolescente alla prima cotta, ero in balìa dei miei ormoni. Versai la zuppa in una pirofila in ceramica e li raggiunsi.

Mi stavo cacciando in un brutto guaio e, invece d'impedire quello che sarebbe stato di certo un disastro annunciato, come un'incosciente me ne stavo lì a godermi il momento. Se avessi dovuto dare un titolo alla nostra serata l'avrei chiamata così: *La cena perfetta.*

Noi tre eravamo perfetti.

Era così che avrebbe dovuto essere, sin dall'inizio, vero ed emozionante, sincero, come i sorrisi che Andrew rivolgeva a Olivia come gli sguardi che io continuavo a riservare a quell'uomo. Ma non si poteva tornare indietro nel tempo per cui era inutile pensarci e anche adesso quella non era la normalità, né lo sarebbe mai diventata, si trattava solo di un'occasione. E quei momenti ci sarebbero stati fino al matrimonio, dopo di che, tutto sarebbe cambiato di nuovo... in peggio, sancendo nuovi e precari equilibri.

Quando Andrew si sarebbe sposato con Ashley per quanto ne potesse dire e fare, non avrebbe avuto tutta quella libertà. Forse non ci sarebbe stato nemmeno bisogno di arrivare al matrimonio, non appena le avrebbe confessato dell'esistenza della bambina, *puf*, Andrew *forse* sarebbe scomparso nel nulla.

Non avrei mai permesso che Olivia ne soffrisse, dovevo parlarne assolutamente con lui il prima possibile, per pianificare il nostro futuro più immediato e decidere come agire per il bene della mia bambina.

Andrew appallottolò una mollica di pane e la lanciò sul viso di Olivia ridacchiando. La bambina sgranò gli occhi e mi rivolse uno sguardo scioccato, capii subito che mi stava chiedendo di poter ricambiare lo sgarro subito. Annuii bevendo un sorso d'acqua e li osservai giocare da sopra il bordo del bicchiere.

"Voglio riprovarci con lui".

Quasi affogai quando formulai quel pensiero. Che cosa mi saltava in testa, stavo del tutto impazzendo?

Dio, ero matta da legare. Cambiavo idea ogni minuto.

Ma i miei insulti interiori non bastarono, per niente. Più Andrew sorrideva a Olivia, più giocavano, più scivolavano lentamente nei loro ruoli di padre e figlia e più la mia mente macchinava.

"Non si è ancora sposato... Posso riprovarci. Lo sento che non mi respingerà".

Scossi la testa per scacciare quei desideri proibiti e mi massaggiai le tempie esausta.

«Tutto bene, Zoe?», mi chiese.

«Sì, sì, ho solo un po' di emicrania, tra poco mi passa», Sorrisi forzatamente e tutti ritornammo alla cena.

* * *

Olivia si era addormentata all'angolo del divano, rannicchiata su un lato con un plaid che la ricopriva.

Era crollata quasi subito, doveva essere davvero sfinita dopo aver trascorso la giornata in giro a giocare e correre. Aveva anche saltato il pisolino del pomeriggio.

«La porto a letto?» Sussurrò Andrew.

Quella domanda mi scaldò il cuore. «Sì, grazie».

Osservai ogni suo movimento, anche i respiri, perché ero una stupida e volevo farmi male. Si alzò cercando di muoversi il meno possibile e si chinò su Olly con una strana espressione. Non la decifrai subito, ma poi capii.

Le sopracciglia rilassate, un piccolo accenno di sorriso che comprendeva solo gli occhi, cautela in ogni minimo movimento, da quando la sollevò a quando le tenne la testa ferma contro il suo petto per non farla dondolare troppo.

Si stava comportando da padre, aveva fatto in fretta, più di quanto avessi previsto. Era un padre e lo aveva capito, lo sentiva. Doveva essere l'equivalente dell'istinto materno.

Mi passai una mano sulla gola strizzando gli occhi. Improvvisamente mi era venuta voglia di mugolare di piacere, era stata una visione celestiale, qualcosa a cui avrei ripensato per sempre. Forse non avrei più avuto l'opportunità di assistere a una scena tanto bella, ma l'avrei custodita nel mio cuore.

Andrew si chiuse la porta della cameretta di Olivia alle spalle e tornò con me in soggiorno. Era arrivata l'ora dei saluti, avrei dovuto accompagnarlo alla porta, stringergli la mano e salutarlo. Magari organizzando un altro incontro per lui e Olivia.

Invece no. Rimasi inchiodata lì in silenzio. Volevo che rimanesse, ancora un po', solo per avere un momento tutto nostro. Ma era fuori luogo, terribilmente, e sembravo una donna frustrata e depressa in cerca delle attenzioni di un ex che stava addirittura per sposarsi.

Mentre combattevo la mia guerra interiore, Andrew si sedette sul divano e io mi misi a suo fianco. Il mio sistema nervoso era del tutto scombussolato.

«Olivia è adorabile» Sussurrò orgoglioso. «Sei stata brava.»

Gongolai per quello che per me era in assoluto il complimento migliore. «Grazie.».

«Raccontami qualcosa...» Mi chiese mettendosi più comodo.

Mi alzai andando ad aprire l'anta della credenza, estraendone un album di fotografie.

«Tieni» Glielo porsi, prendendo posto al suo fianco.

«Sono sue?»

«Sì Andrew, amo fotografarla. Qui era appena nata, l'ho scattata il giorno dopo che siamo state dimesse dall'ospedale.»

Lui restò in silenzio ad ascoltare la mia voce e a guardare le foto che gli proponevo.

«Questa invece l'ho fatta alla nostra prima uscita.» Risi osservando quanto fosse imbacuccata. «Era fine ottobre, tirava già un vento gelido» Voltai la pagina e m'illuminai vedendo le foto del suo primo Natale. «Dio... il suo primo Natale, Mag le aveva regalato una tutina in ciniglia tutta rossa. Era un amore...»

«Lo vedo...» Disse, divorando ogni immagine.

«Qui invece è la sua prima volta nel Box...» Altra pagina, altre immagine di Olivia che faceva il bagnetto. Seguite poi da foto del suo primo dentino.

Avevo immortalato tutto, ogni istante, qualsiasi cambiamento. Avevo fatto anche dei video, che gli avrei mostrato una di quelle sere.

Proseguii a spiegargli ogni foto: la prima pappa, la prima volta che teneva da sola un bicchiere, il primo giorno d'asilo. La sua prima pizza, il suo primo cono gelato. La prima caduta, la prima volta sulle giostre. Le giornate allo zoo, il primo bagno in piscina...

Andai avanti a raccontare per un'ora, quando finii il suo sguardo era perso. Doveva essere difficile assimilare tutti quei momenti, quelle prime volte che lui non aveva vissuto.

Chiusi l'album e feci per alzarmi, ma in quel momento da non so quale pagina, cadde una foto che si posò sulla gamba di Andrew.

Lui la prese delicatamente tra le dita e sbarrò gli occhi.

«Sei tu...»

Guardai l'immagine che mi ritraeva al settimo mese di gravidanza, ricordavo perfettamente quando, dove, e chi me l'aveva scattata.

Ero con Mag e Josy al mare. Il costume non nascondeva la mia enorme pancia. E io sorridevo felice appoggiando una mano sul ventre.

«Dio...» Stava per aggiungere qualcosa, ma si bloccò portandosi una mano sulla fronte, non distogliendo la sua attenzione dalla fotografia. «Eri davvero magnifica...» Accarezzò la foto e poi voltò il capo di scatto verso di me, guardandomi con un'intensità che faceva male.

«Sei sempre stata bene? La gravidanza intendo... è andato tutto bene?»

«Sì.» Sorrisi. «Anche il parto, non è stata una passeggiata ma con la vicinanza di Mag e Alys... me la sono cavata alla grande.»

«Avrei dovuto esserci io...» Parlò con voce strozzata. «Avrei dovuto esserci io dietro l'obiettivo della macchina fotografica...» Strinse forte la foto.

«Andrew mi dispiace, io...»

«Non ti devi scusare... la colpa non è di certo solo tua!»

Non lo era, aveva ragione. Ma non lo dissi. Lasciai andare la testa sullo schienale girando il volto verso di lui, incantandomi a osservare il suo volto.

«Che hai da guardare, Zoe?» Disse tenendo lo sguardo fisso su di me.

«Stavo notando quanto sei invecchiato in questi anni.» Cercai di ammorbidire quel momento carico di troppe emozioni.

Andrew rise stropicciandosi gli occhi e anche lui gettò la testa all'indietro. «Sono sempre in vetta alla classifica degli uomini più desiderati».

Era così vicino... mi sarebbe bastato muovermi di qualche centimetro per baciarlo e sentire quel sapore di lui che amavo tanto e che mi mancava da morire.

La voce mi si arrochì. «La classifica stilata dalle vedove d'oro ultrasessantenni?»

«Be' non mi lamenterei lo stesso» Abbozzò un sorriso dolce che mi fece vibrare lo stomaco. Li conoscevo quegli occhi, maledizione, li conoscevo troppo bene. Ed erano diventati foschi, torbidi, come ogni qual volta provava desiderio.

Mossi le mani nervosa. «Non avevo dubbi, tu saresti capace di andare a letto anche con una mummia».

Rise più forte e strizzò gli occhi, la sua fronte si appoggiò sulla mia e le sue dita scivolarono sul mio addome raggiungendo il fianco, pizzicandolo piano.

Trattenni il respiro mentre il cuore aveva già preso il volo.

«La tua lingua lunga…».

«Non è lunga, è velenosa».

Ero paralizzata. Lui mi respirava sulla bocca e non si accorgeva dell'effetto che aveva su di me.

Volevo baciarlo, desideravo solo che lui mi baciasse e che mettesse fine a quell'agonia durata quattro anni.

«Lingua velenosa… Mm… amo le sfide, fammi assaggiare, Zoe» Mormorò sfiorandomi le labbra. «Vediamo se è così velenosa come dici».

Si avvicinò piano al mio viso, concedendomi il tempo di rifiutarlo. E ci pensai, per una frazione di secondo il mio cervello aveva elaborato un piano di fuga, ma non sapeva di doversela vedere con il mio cuore.

E il cuore vinse.

Chiusi gli occhi ed attesi il contatto con quelle labbra che tanto avevo bramato e quando finalmente riconobbi il suo sapore, mi sentii rinascere. Ero morta e non lo sapevo. Ogni cellula del mio corpo si risvegliò da un letargo lungo quattro anni, appena le nostre lingue s'intrecciarono fra loro, mi aggrappai con forza a lui, circondandogli il collo, e lo attirai a me.

Come avevo potuto vivere senza i suoi baci?

Sentii le sue mani vagare sul mio corpo, poi accarezzare le mie gambe e, quando era ormai vicino all'elastico dei miei short, la suoneria del cellulare di Andrew ruppe la magia del momento.

Si staccò da me ansante, allungandosi per afferrare il telefono sul tavolino.

«Ciao...sì, e tu? bene» Si alzò allontanandosi da me. «Sto per rientrare in albergo...no amici... sì li conoscerai...»

Lo osservai attentamente, camminava avanti indietro senza mai guardare dalla mia parte. Ogni tanto si passava frustrato la mano fra i capelli e ascoltava attentamente il suo interlocutore.

«Certo tesoro... a domani... sì, anch'io.»

La realtà ripiombò su di me, come un enorme masso che aveva la forma di Ashley.

Era lei, mi ero dimenticata della sua esistenza. Lui mi aveva fatto dimenticare tutto ciò che non era noi.

Stupida!

Andrew si mise in tasca il telefono e si voltò a guardarmi. I suoi occhi erano tormentati, voleva dire qualcosa, ma se ne restava lì fermo.

Cercai di ricompormi e di non ascoltare il battito furioso del mio cuore, alzandomi lentamente dal divano lo raggiunsi.

Ebbi un déjà vu, mi sembrava di rivivere quella mattina: la nostra ultima mattina insieme.

Mi scrutava silenziosamente senza muovere un muscolo, e quando la distanza che ci separava era ormai di pochi centimetri, lui fece un passo indietro e puntò il suo sguardo al pavimento.

«Scusa Zoe, non avrei dovuto...» Sospirò mettendosi le mani in tasca. «Mi sono lasciato trasportare dagli eventi. È stato uno sbaglio...»

Quelle parole furono una secchiata di acqua gelida sulla fiammella della speranza.

«Cosa esattamente è stata uno sbaglio?» Chiesi beffarda. «Passare la giornata con Olivia, o essere quasi entrato nelle mie mutande... di nuovo...»

«Zoe, ti prego, è difficile per me!»

«Per te è difficile? Cosa credi che per me sia una passeggiata?» Sbottai cercando di non urlare.

«Non ho detto questo…»

Di scatto mi avvicinai all'ingresso e aprii la porta. «Ora è meglio che tu te ne vada.» Gli intimai sprezzante.

«Zoe…» Disse il mio nome supplicante.

«Vai Andrew. Ora!»

«No!» In due falcate fu davanti a me e richiuse la porta alle mia spalle. «Se vuoi che ora io vada via, mi devi fare una promessa.»

«Io non ti devo proprio nulla!»

«Se non sbaglio Zoe» Sillabò piano ogni lettera del mio nome. «Quella di là, è mia figlia. E tu me l'hai tenuta nascosta per quasi quattro anni. Direi che sei molto in debito con me!»

Mi resi conto che era bastato poco per cancellare le ultime ore. Eravamo tornati al punto di partenza.

«Non ti negherei mai di passare del tempo con lei.» Risposi sdegnata.

«Eppure lo hai fatto!» Sibilò spietato.

«Non ci avresti voluto allora…» Non so perché lo dissi. Ma quelle parole uscirono incontrollate dalla mia bocca. E me ne pentii subito. Ero già in bilico per precipitare in un burrone, e Andrew mi diede la spinta decisiva.

«Era te che non volevo!»

E io precipitai.

9

«Non ci credo!» Alys mi guardava sconvolta, dopo aver finito di raccontarle quello che era accaduto con Andrew. «Ti lascio sola un giorno, Zoe e ti capita tutto questo!» Si buttò sul divano incredula. «È proprio uno stronzo!»

Non potei far altro che confermare. «Sì, lo è!»

«Finalmente!» Esclamò applaudendo.

«Finalmente cosa?»

«Zoe, in quattro anni questa è la prima volta che lo chiami come merita: stronzo!»

«Alys, lo sai che non è così. Almeno prima non lo era.» Le spiegai lentamente. «Non mi ha mai obbligato a fare nulla, era una relazione chiara sin dall'inizio. Ma quello che è successo ieri non doveva accadere. E lui si è comportato male.» Conclusi portando alle labbra la tazza di caffè.

«Per me lui resterà sempre "lo stronzo", ora poi che sta con quell'oca. Dio...»

Il suono del campanello interruppe l'ennesima crociata di Alyssa contro Ashley. E io ringraziai il tempismo della persona dietro la porta, perché non volevo più parlare di loro. Ero ancora sconvolta per quello che mi aveva detto la sera precedente, lo avevo pensato e immaginato, ma sentirselo dire in quel modo mi aveva dato il colpo di grazia.

Aprii la porta e per poco non mi strozzai con la mia saliva. Andrew era di fronte a me e senza tanti complimenti mi passò accanto ed entrò nell'appartamento.

«Cosa ci fai qui?» Chiesi fredda.

«Ho preso il pomeriggio libero, voglio passare un po' di tempo con Olivia.» Disse accorgendosi solo dopo della presenza di Alys sul divano. «Oh, ciao.»

Lei non rispose, lo fissava come se avesse di fronte il figlio di Satana. Quando si dice: se uno sguardo potesse uccidere. Be' il suo lo avrebbe incenerito.

Andrew scosse la testa e fece un piccolo ghigno. «Come stai Alyssa?» Le domandò con finta cortesia.

«Stavo bene fino a cinque minuti fa! Ora… mi manca l'aria.» Rispose lei acida.

Osservai il loro battibecco, era così ogni volta. Si erano conosciuti per caso quando io e Andrew ci frequentavamo e non era mai scattata la scintilla, lei lo reputava uno stronzo e lui pensava che lei fosse solo una ficcanaso.

«Non capisco perché lui sia ancora qui» Sbottò indicando Andrew seduto sulla poltrona con il caffè in mano.

«Non vedo come questo sia affar tuo. Anzi, dimmi, non hai un tuo appartamento? Devi sempre venire qui a farti gli affari nostri?» Domandò lui infastidito da quell'intrusione.

«Questa!» M'indicò con un dito. «È la mia migliore amica e "io" posso venire qui quando voglio. Tu piuttosto, la vostra non era solo una storia di sesso? Eppure sei qui ogni fottuta volta che vengo a trovare Zoe!»

Sbuffai capendo che era giunto il momento d'intervenire, se no le cose sarebbero peggiorate in maniera esponenziale.

«Alys, ti prego! Puoi passare tra un'oretta?»

Lei si voltò sconvolta verso di me, sbarrando gli occhi. «Stai sbattendo fuori di casa me?» Chiese con voce stridula.

Mi avvicinai piano e le sorrisi gentile. «No tesoro, devo solo parlare con Andrew. Da sola.»

Lei fece un cenno con il capo e si diresse verso la porta. Sapevo che quando sarebbe tornata avremmo avuto l'ennesima discussione su di lui, era diventata una consuetudine.

«Ciao ciao Alyssa!» La derise lui, beccandosi una mia occhiataccia.

Lei non si voltò e in risposta alzò il dito medio.

«Vi prego non cominciate!» Li guardai supplichevole. «Alys...»

«Sì sì, vado sul terrazzo.» Si alzò di scatto dal divano e passò accanto a Andrew, bisbigliando uno "Stronzo" che era stato udito perfettamente. Lui sbuffò infastidito, poi tornò a prestare attenzione a me.

«Certe cose non cambiano mai, eh?» Chiese sarcastico.

«A quanto pare.» Borbottai. «Comunque Olly è all'asilo.»

«Oh...» Disse deluso.

Guardai l'orologio, erano le quattro e l'asilo era appena finito. «La riporta a casa la madre di una sua compagna di scuola, dovrebbe essere qui tra poco.» Risposi.

«Vorrei passare un paio d'ore con lei.»

«Puoi portarla a prendere il gelato e magari passate dal parco.» Dissi piano.

«Tu non vieni?»

«No.»

«È per quello che è successo ieri sera?»

Annuii, non riuscendo a dire altro.

«Non volevo dire ciò che ho detto.» Ammise avvilito.

«Eppure lo hai fatto. Ma non preoccuparti l'ho sempre saputo. Solo che sentirtelo dire...» Presi una boccata d'aria. «Non è come immaginarselo.»

Si avvicinò allungando una mano, ma io mi ritrassi. «Non mi fa bene questo Andrew. Ho bisogno che tu tenga le distanze da me, almeno fisicamente.»

«Zoe...»

«*Andew*!» Il tempismo di Olivia aveva del sorprendente.

Ma la cosa davvero sbalorditiva fu che non mi rivolse neppure una parola, ma corse in contro a Andrew saltandogli in braccio. Come se sapesse chi lui fosse davvero. Io salutai Georgia che l'aveva portata a casa, rimanendo d'accordo che il giorno dopo sarei stata io ad andare a prendere le bambine.

«Sei tornato!» Sentii Olivia parlare tutta emozionata.

«Sì, sono venuto a prendere questa bella principessa.» Le disse dolcemente dandole un bacio sulla guancia, mentre io tornavo da loro. «Ti va di venire a mangiare un gelato con me?»

«Sì, sì!» Ricordandosi di me, Olly si voltò e con gli occhioni a cuore mi chiese il permesso.

Io glielo accordai e dando le giuste istruzioni a Andrew, li guardai andare via.

Raggiunsi Alyssa sul terrazzo, e mi sedetti di fronte a lei.

«Lo sai che tua figlia gli somiglia tanto, vero?»

«Certo che lo so, non riesco mai a dirle di no...» Ammisi.

«Come facevi con lui, ma vedo che le cose non sono poi molto cambiate.» Osservò allungando le gambe su di una sedia libera.

«Alys...» La pregai con lo sguardo di non cominciare con quel discorso, ma non mi ascoltò. *Non lo faceva mai.*

«Come fai? Come puoi amarlo ancora? Dopo tutto quello che è successo…»

Mi sfregai il viso con le mani non sapendo come o cosa dire per negare l'evidenza. Perché io lo amavo, ancora e più di prima.

«Non lo so, credo che sia lui… sarà sempre lui!» Dissi sconfitta. Sapendo di non poter far nulla per cambiare quella situazione.

«Cazzate! Devi uscire con un uomo, non lo hai mai fatto veramente.»

«Be' sono uscita con Jeff.» Protestai, facendole notare che alla fine non ero rimasta in panchina per quattro anni.

«Chi Mister "duro solo cinque minuti"?» Chiese sgomenta.

«Non era proprio così pessimo!»

«Zoe non hai mai avuto un orgasmo! Mai! Quello non era un rapporto sano.»

«Be' siamo stati bene…»

Alzò una mano per bloccare il mio discorso. «No! Lui non conta, quindi è ora che tu esca con uno che duri più di uno spot pubblicitario e che non si faccia problemi a intavolare discorsi faccia a faccia con la tua vagina.»

«Alyssa!» La redarguii. Odiavo quando parlava in quel modo, anche se dovevo ammettere che aveva pienamente ragione. Non potevo continuare ad amarmi da sola. E ora che Andrew era così vicino, tutti i miei ormoni erano totalmente impazziti.

«Niente Alyssa.» Disse perentoria. «Devi uscire con qualcuno e voltare pagina. Non puoi vivere nel ricordo di qualcuno che non hai mai avuto…Quel Lucas, il ristoratore. Mag dice che è pazzo di te e che è un fustacchione.»

«Mag si sbaglia!»

Le mie intuizioni non potevano essere così sbagliate.

* * *

Erano passati sei giorni dal primo incontro tra Olivia ed Andrew. Le cose tra loro procedevano perfettamente, trascorrevano del tempo insieme tutti i giorni. Da soli.

Io non riuscivo a stare più di cinque minuti nella stessa stanza con lui. Mi sentivo soffocare e per questo motivo quando veniva a prenderla, gliel'affidavo dileguandomi il prima possibile. Lui, dal canto suo, non aveva più fatto riferimento a quella domenica o a quello che stava per accadere tra di noi.

Ma quando pensavo di aver raggiunto un equilibrio, Andrew mi diede un'altra spinta verso l'abisso.

Il sabato pomeriggio venne a prendere Olivia, per portarla al *Twin Peaks Park*, erano da poco passate le dieci del mattino e gli avevo promesso che sarebbero potuti stare insieme tutto il giorno.

Di certo, non mi aspettavo che appena arrivato mi facesse proprio quella richiesta.

«Vorrei dire di Olivia ad Ashley.»

Boom!

Quelle parole mi trafissero, avrei fatto di tutto per non dover inglobare quell'arpia nella nostra già precaria situazione.

«È presto! Prima dobbiamo dire a Olly la verità, e poi decidere come gestire le cose. Come faremo quando tu e Ashley tornerete a New York?» Chiesi ovvia.

«Esistono gli aerei, Zoe. Potremmo venire spesso, così Ash potrà vedere sua madre e io la mia bambina.»

Buttai gli occhi al cielo, pensando che ad Ash non gliene sarebbe importato nulla d'incontrare la madre e non era di certo nei suoi piani fare da matrigna a mia figlia. Ed io al pensiero di dover attraversare tutto il paese per passare del tempo con loro, in versione marito e moglie, mi faceva venire da vomitare.

«Lo so che esistono gli aerei Andrew, ma mi sembra che stiamo correndo troppo. Facciamo prima abituare Olly a te e poi penseremo a come gestire la tua fidanzata.»

Inclinò la testa per guardarmi meglio. «Proprio non la sopporti, eh?»

«No.» Confermai. «E placa il tuo egocentrismo. Non è per colpa tua che i nostri rapporti sono così freddi.»

«Eppure lei mi ha parlato molto bene di te.»

Non risposi e afferrai la borsa con dentro tutto il necessario per Olivia passandogliela.

«Tieni! Come ti ho detto non ha allergie. Spalmale un po' di protezione solare e se hai bisogno di qualcosa sono reperibile al cellulare. In caso tu lo avessi cancellato è segnato su un foglietto in questa tasca.» Spiegai velocemente.

«Non sarai a casa?» Domandò corrugando la fronte.

«No.»

«E dove vai?»

«Devo aiutare un amico al suo ristorante.» Come se dovessi giustificarmi con lui. A volte ero davvero assurda. «Vado a chiamare Olly, ti stava aspettando tutta emozionata.»

Lui sorrise e io mi avviai verso la mia bambina.

* * *

Raggiunsi a piedi il ristorante di Lucas, il *The Garden*. Gli avevo confermato la mia presenza per le undici e per arrivare al suo locale ci volevano una ventina di minuti a piedi. Avevo bisogno di camminare per scaricare un po' di stress che la situazione "Andrew" mi causava. La telefonata di Lucas era stata la mia fortuna.

Lucas era il proprietario del ristorante, si serviva dei miei dolci per occasioni speciali, compleanni, feste di fidanzamento e cose di quel genere. Durante la chiusura della mia caffetteria si appoggiava a una pasticceria del centro, ma quella mattina lo avevano chiamato dicendogli che avevano smarrito la sua ordinazione.

Al telefono con me aveva sbottato. *«Cazzo Zoe, come possono aver perso 500 Cupcakes?»* Aveva ragione, era impossibile. Probabilmente non li avevano mai fatti e se ne erano totalmente dimenticati. Sta di fatto che disperato, aveva chiesto il mio aiuto per salvare il salvabile. E avevo accettato, subito.

Mi piaceva Lucas, era un bravo ragazzo, un gran lavoratore e un ottimo cliente. Più volte Mag mi aveva detto di uscire con lui, perché secondo lei era davvero un bel pezzo di figliolo e poi aveva quell'assurda convinzione che lui fosse interessato a me.

Lucas era davvero un bel tipo, ma io dopo Jeff avevo allontanato l'idea di uscire con qualcuno e poi lui non mi era mai sembrato interessato a me in quel senso. Era gentile, a volte mi faceva dei complimenti o si fermava a bere del caffè con me, ma tutto qui. Quindi con ogni probabilità Mag aveva frainteso i modi cortesi di Lucas in galanteria con secondi fini.

Comunque, passare il sabato a cucinare dolcetti mi avrebbe distratto e forse avrei potuto vedere le cose più chiaramente. Non c'è di meglio che fare qualcosa che si ama per trovare il bandolo di una matassa complicata.

Entrai nel locale che mancavano dieci minuti alle undici. Quel giorno avrebbero tenuto chiuso perché alle cinque avevano una festa di fidanzamento e i Cupcakes servivano a guarnire il tavolo della torta.

«Ciao Zoe!» Serena la cameriera mi venne in contro abbracciandomi. «Per fortuna sei riuscita a venire, Lucas sta dando i numeri»

«Immagino!» Dissi ricambiando la sua stretta. «Il grande capo?» Chiesi guardandomi attorno e non vedendolo.

«In cucina, sta lavorando dall'alba. Vai pure... e buona fortuna, te ne servirà.»

«Grazie! Ci vediamo dopo Serena.»

Mi salutò con la mano, riprendendo a sistemare la sala.

Varcai la porta della cucina con un enorme sorriso stampato sulla faccia. «Ciao Lucas!»

Lui sobbalzò spaventato. «Zoe per la miseria, vuoi farmi morire a trent'anni.» Affermò portandosi una mano al cuore.

«Oh smettila, sei l'uomo più in forma che conosco.» Gli diedi un buffetto sulla guancia.

«Ehi ragazza, sei venuta qui a prenderti gioco di me, o a fare Cupcakes come se non ci fosse un domani?»

Risi prendendo un grembiule bianco. «Sono qui per lavorare! Dimmi tutto capo!»

M'indicò un foglietto e io lessi strabuzzando gli occhi. «Stai scherzando, vero?»

Lui fece cenno di no con la testa. «Mai stato più serio. Quindi è ora che ti metti a lavoro, l'orologio non si ferma… tic-tac!»

Quel ragazzo era un folle, come potevo preparare tutti quei Cupcakes da sola?

«Lucas, per l'impasto non è un problema. Ma le decorazioni? Sai quanto tempo ci metto a fare cinquecento rose di pasta di zucchero?»

«Sono pronte, ne avevano un po' di scorta.» Disse indicando il frigorifero.

Tirai un sospiro di sollievo. «Bene, allora mi metto al lavoro.»

Lui sorrise di rimando strizzandomi un occhio e poi tornò a fare quello che stava facendo prima che io lo interrompessi.

Grazie alle decorazioni già pronte, poco prima delle quattro avevo finito tutto. Ero riuscita a infornare cinquanta Cupcakes alla volta. Feci cuocere prima quelli semplici e poi quelli con il cuore di cioccolato. Come li desiderava la futura sposa. Poi decorai quei piccoli dolcetti ed esausta ma estremamente felice alzai le mani. «Finito!»

Lucas che era piagato sul suo tavolo da lavoro, non rispose subito, preso a guarnire il salmone. Ebbi il tempo di osservarlo più attentamente e dovetti dare ragione a Mag. Lucas era un uomo molto affascinante.

I capelli corti e biondi, contrastavano con la sua abbronzatura, gli occhi anche se mi erano nascosti, ricordavo fossero. Era uno sportivo e il suo fisico ne era la prova, le spalle larghe e il sedere…

Dio gli stavo davvero guardando il sedere?

No, l'affermazione esatta era: stavo adorando il suo sedere!

«Scusa Zoe, dicevi?» Si girò a guardarmi e sì aveva gli occhi verdi. Così diversi da quelli di Andrew.

Andrew... Scacciai via la sua immagine – grazie al lavoro non avevo pensato a lui neppure per un istante – e tornai a rivolgermi a Lucas.

«Ho finito.» Ribadii arrossendo per il pensiero poco casto che aveva fatto sul suo didietro.

Il suo viso si allargò in un'enorme sorriso e mi abbracciò di slancio. Mentre mi strinse a sé il mio corpo s'irrigidì. Era la prima volta che eravamo così a contatto.

Mi sembrò strano, ma allo stesso tempo rassicurante, avevo davvero bisogno di due braccia forti che mi sostenessero in quel periodo così complicato. E mi lasciai andare a quella nuova sensazione di benessere e lui, sorprendentemente, mi tenne stretta più del dovuto.

Quando ci staccammo Lucas non si allontanò molto da me e dolcemente mi accarezzò una guancia.

Cosa diamine stava succedendo?

«Zoe sei molto bella.» Alitò troppo vicino al mio viso.

Dovevo essermi persa un passaggio. Com'eravamo finiti da cucinare a quasi…

Quasi cosa?

«Cosa stai facendo Lucas?» Sussurrai piano, incapace di spostarmi anche solo di un millimetro.

«Quello che sogno di fare da quando ti ho conosciuta Zoe.» Una fiamma di desiderio comparì nel suo sguardo e… lo fece.

Mi baciò.

O meglio le sue labbra si posarono delicate sulla mia guancia, facendomi avvampare.

Un bacio sulla guancia che mi sconvolse.

Si discostò, come se fosse l'azione più difficoltosa che avesse mai compiuto.

«Lunedì sono chiuso, vieni a cena con me?»

La sua proposta era allettante e arrivava nel momento più opportuno. Avevo necessità di dimenticare Andrew, di lasciarmi andare a qualcosa di nuovo, di voltare pagina per smettere di soffrire.

Ero pronta? No!

Lo volevo? Forse!

Avrei accettato? Sì!

«Okay» Dissi infine.

Lui si chinò nuovamente su di me, dandomi un leggero bacio all'angolo della bocca.

«Passo a prenderti alle sette.» Sorrise e senza aspettare la mia risposta tornò al suo lavoro.

10

Indossai il tubino nero che avevo avuto l'occasione di mettere solo una volta per l'inaugurazione del mio Café. Mi stava bene e quella sera volevo essere carina, per una volta dopo tanto tempo mi preparavo ad uscire con un uomo. E ne ero felice, nonostante tutto.

Mi rimirai allo specchio ancora una volta e sorrisi alla mia immagine. Quella sera sarebbe iniziata una nuova fase della mia vita: Zoe 2 la rinascita. Lucas sarebbe stato il mio nuovo inizio.

Il suono del telefono mi distolse dall'ammirare la mia immagine. Chiedendomi chi fosse, guardai il display, era Jenny, probabilmente stava arrivando.

«Pronto?»

Un colpo di tosse. «Jenny?» Nessuna risposta.

Un altro colpo di tosse. *«Zoe, scusa ma ho l'influenza.»*

Merda! «Jenny, sono le sei, non potevo avvertirmi prima?»

«Hai ragione...» Colpo di tosse. *«Ma mi sono addormentata alle tre e stavo bene, ora invece...»* Un altro colpo di tosse.

«Ok, non ti preoccupare cerca di riposare. Ci sentiamo nei prossimi giorni.»

«Scusa ancora Zoe.»

Agganciai il telefono avvilita. Jenny in tre anni non aveva mai saltato una serata, mai. E proprio quando avevo più bisogno di lei si era beccata l'influenza. Alyssa aveva in turno di notte, Mag era via con Carl e sarebbero rientrati mercoledì per festeggiare il suo compleanno.

Come potevo fare?

Avrei potuto farlo fermare da noi per una pizza d'asporto, lui e Olly si conoscevano, ma volevo davvero uscire a cena e lasciarmi corteggiare.

«Mammina che hai?» Chiese dolce Olivia.

«Jenny è malata amore e la mamma doveva uscire.» Risposi sorridendole.

«C'è *Andew*, a lui piace stare con me.»

Andrew? Avrei potuto lasciare Olivia a lui, mentre io uscivo con un uomo?

Cercai di trovare una soluzione alternativa, ma non c'era. Potevo chiamare quei numeri dove ti propinano qualche babysitter last minute, ma non mi fidavo. Lasciare la mia principessa a una sconosciuta non era una soluzione, si sentivano delle storie orribili a volte e non volevo davvero rischiare.

Presi coraggio e composi il numero che Andrew mi aveva lasciato.

Uno squillo... due squilli... «Zoe? Tutto bene?» Domandò concitato.

«Sì, Olivia sta bene.» Dissi per calmarlo.

«E tu?» Chiese preoccupato.

«Tutto bene, solo che la babysitter mi ha chiamato per dirmi che ha l'influenza, e io devo uscire...» Non mi fece neppure finire.

«Vengo lì io. Tra Quanto?»

«Devo uscire tra quaranta minuti.»

«Arrivo subito.» Senza lasciarmi il tempo di dire nulla chiuse la chiamata.

Restai a guardare l'I phon per qualche istante riflettendo su quanto fosse buffa la situazione. Stavo per avere il mio primo appuntamento dopo mesi e l'uomo di cui ero sempre stata innamorata avrebbe badato a Olivia durante la mia assenza.

«Mammina, allora?» Chiese speranzosa Olly.

«Starà Andrew con te.»

«Sì, Sì!» Esclamò contenta scomparendo poi verso la sua cameretta.

Era già pazza di lui, sarebbe di certo impazzita di gioia quando le avremmo detto la verità. Ne ero certa, bastava vedere come lo guardava mentre lui parlava. Ammaliata, pendeva totalmente dalle sue labbra.

Finii di prepararmi, mettendomi un po' di ombretto e un filo di rossetto. Lasciai i capelli sciolti, fortunatamente erano bellissimi quella sera, un evento raro. Solitamente s'increspavano con facilità, invece sembrava che tutto il mio corpo si fosse azionato in modalità: uscita con il bel fusto.

Suonarono al campanello, ma fu Olivia a correre verso il citofono per aprire.

«Olly non correre!» Le urlai seguendola in soggiorno. Si alzò sulle punte e premette il tasto nero del citofono. Osservai il vestitino bianco con i fiorellini che aveva preso il posto della tuta che indossava prima. «Ti sei cambiata amore?» Le chiesi curiosa.

«Sì mammina, così *Andew* mi vede carina e resta con me.»

Mi si strinse il cuore a quelle parole, la mia bambina era follemente innamorata di suo padre. Ed era una cosa fantastica, speravo solo che lui non la deludesse mai.

«Piccola Andrew, ti adora e resterà con te!»

«Prometti mammina?»,

«Prometto.»

La porta si aprì e Andrew entrò con in mano una confezione gigante di gelato.

«*Andew*!» Olivia gli corse incontro e io afferrai il gelato per permettere a lui di prenderla in braccio mettendolo nel congelatore.

«Ciao principessa!»

«*Andew* mi sei mancato oggi.» Disse dolcemente Olivia.

«Ma ora sono qua e visto che la mamma esce passeremo tutta la sera insieme.»

«Grazie Andrew di essere venuto.», pronunciai quelle parole sinceramente.

«Lo faccio con piacere.» Rispose mettendo giù Olivia. Notai il suo sguardo fermarsi sul mio corpo un istante di troppo. «Stai molto bene.» Osservò un po' a disagio.

«Grazie» Nella stanza era calato l'imbarazzo e cambiai argomento. «Ti ho lasciato il numero della nostra pizzeria preferita. Dì solo di portare tutto a casa di Zoe, Luigi mi conosce bene.» Gli indicai un Post-it sul frigorifero. «Olly la prende al doppio formaggio e da bere della Pepsi senza caffeina.»

«Ok»

Il citofono suonò ancora e questa volta era senz'altro Lucas.

«Io vado, se hai bisogno non esitare a telefonare.»

Andrew annuì, mentre Olivia mi venne in contro per darmi un bacione. «A letto alle nove e mezza!»

«Sì mammina. Ti voglio bene!»

«Anch'io.»

Afferrai la borsa lasciandomi alle spalle Zoe 1 ed entrando nei panni di Zoe 2.

* * *

Lucas mi aprì galantemente la portiera della macchina e mi trovai di fronte al *Les Petite Tresor*, uno dei più rinomati ristoranti francesi della città. Si affacciava direttamente sul mare. Uno dei classici posti dove ci volevano mesi prima di trovare un tavolo. Con tutti i nuovi ristoranti che aprivano e chiudeva a San Francisco, quello era una certezza. Una pietra miliare.

Il parcheggiatore ci raggiunse e Lucas gli diede le chiavi della sua Mercedes.

Quando entrammo rimasi abbagliata dalla bellezza del locale, il bianco e l'azzurro erano i colori predominanti che andavano a sfumare con il blu del mare. Una cameriera ci accompagnò in terrazza facendoci accomodare a quello che sarebbe stato il nostro tavolo, lasciandoci i menù e portandoci subito due bicchieri di champagne.

«Questo posto è magnifico Lucas. La vista è strepitosa.»

«Sono felice che ti piaccia, ho dovuto uccidere per avere un tavolo qui.» Disse portandosi il calice alle labbra.

Era davvero bello, gli occhi avevano uno strano luccichio e la labbra che si poggiavano morbide sul cristallo sembravano davvero invitanti.

Anche se, non erano come quelle di...

No, non avrei pensato a lui, ad Andrew, seduto sul divano di casa mia, con la *nostra* bambina.

Presi anch'io il bicchiere e buttai giù un sorso generoso di vino, tornando a dare attenzione all'uomo seduto di fronte a me.

«Mi sono chiesta davvero come hai fatto a trovare un tavolo in così poco tempo. Non avrai davvero ucciso qualcuno?» Chiesi divertita.

«Per portare te qui, ne sarei stato capace.» Asserì senza
mai abbassare lo sguardo. «Ma non ho dovuto osare tanto.
Semplicemente lo chef è un mio caro amico, e mi doveva
qualche favore.» Ammise aprendo il menù.

«Ed è bravo come si dice?»

«Sì è il migliore.» Confermò tirando le sue splendide labbra in un sorriso.

Iniziai a leggere quello che il ristorante offriva, ma era
scritto in francese e io non lo conoscevo. E non sapendo cosa prendere chiesi un parere a Lucas.

«Se ti fidi ordino io per entrambi, so quali sono i punti
forti di Pierre.»

Io annuii, felice di essermi tolta dall'incombenza di dover
scegliere le portate. E lo ascoltai parlare in un francese fluente, trovandolo ancora più sexy. Quando la cameriera ci lasciò gli domandai cos'aveva ordinato.

«Come antipasto, ostriche e lumache. Così puoi assag-
giarle, e poi costolette di agnello.» Disse tranquillo. «Per il
vino ho optato per del Cabernet Sauvignon...»

Lo guardai come se stesse parlando di un'invasione alie-
na. Nonostante avessi fatto la cameriera per più di tre anni, i
vini erano il mio tallone d'Achille, non ero riuscita a impri-
mermi neppure un nome nella testa. Conoscevo solo:
Champagne e... il *Brunello di Montalcino*.

«Vino rosso Zoe, non sei un'intenditrice?»

«No per niente.»

«Ti ho già detto che sei bellissima stasera?» Domandò
con sguardo languido.

134

«Sì, ma non mi dispiace sentirmelo dire.» Sussurrai arrossendo un poco.

Prese la mia mano e iniziò a massaggiarla.

«Sei bellissima, a dire il vero lo sei sempre.»

«Grazie.» Le sue parole mi agitarono e ringraziai Dio per essere seduta su una sedia, fossi stata in piedi probabilmente avrei dovuto aggrapparmi a lui per non cadere. Mi sembrava di essere tornata ragazzina.

«Avrei voluto invitarti a cena prima, ma tu...» Si mosse a disagio sulla sedia, forse cercando le parole giuste. «Sei sempre così distante, come se tra te e il resto del mondo avessi eretto un muro invalicabile e indistruttibile.»

«È così.» Sospirai guardando la mia mano nella sua. Potevo fidarmi, lui era un bravo ragazzo e lo conoscevo, aprirmi con lui sembrava la cosa più naturale del mondo. «Cerco di non far entrare nessuno nella mia vita.»

«È per via del padre di Olivia?»

«Non proprio, lui...» Dovetti bere un sorso di Champagne per mandare giù il groppo che mi si era formato in gola. «Il padre di Olly è una conseguenza. È la morte dei miei genitori la causa scatenante.»

Lui non disse nulla, mi strinse solo più forte la mano, come a dire, "io ci sono, parla, sfogati".

E lo feci.

«I miei sono morti quando avevo diciannove anni. Mio padre viaggiava parecchio per lavoro, era un consulente esterno, e molte aziende si appoggiavano a lui per risolvere grane con i dipendenti. Quel sabato era di ritorno da Philadelphia, ma c'era uno sciopero degli assistenti di volo e l'unico aereo che aveva trovato era un diretto a Sacramento. Mia madre gli aveva detto che sarebbe andata a prenderlo, ma i nostri vicini di casa, la sorella e il cognato di Mag, non si fidavano a far andare mia mamma da sola. Quindi Paul si offrì di accompagnarla, mentre Josy avrebbe preparato cena.» Dovetti fermarmi a prendere fiato per regolarizzare il battito del mio cuore. Lucas mi stringeva ancora la mano e trovai la forza di proseguire. «Così io andai a casa di Josy ed aspettai con lei e sua figlia Ashley.»

Arrivò la cameriera porgendoci i nostri piatti, la ringraziammo entrambi, ma Lucas non staccò mai i suoi occhi dai miei.

«Continua Zoe.»

Ricominciai a parlare giocherellando con la forchetta. «Mamma ci chiamò quando stavano per ripartire da Sacramento, erano da poco passate le due del pomeriggio. Ma alle sei di sera, non c'era traccia di loro, e come sai...»

«Sacramento dista poco più di un'ora e mezza da qui.» Disse Lucas.

«Esatto.» Confermai. «Io e Josy cominciammo a preoccuparci, provammo a chiamare tutti i telefonini ma risultavano irraggiungibili. E tutto tacque fino alle otto e ventisei minuti. Quando suonarono alla porta e ci trovammo di fronte a due agenti della stradale...»

«Josy, hanno suonato devono essere loro.» Dissi sperando che quella sensazione orribile che provavo all'altezza del cuore fosse un presentimento sbagliato.

«Apri cara, vado a chiamare Ash.» Salì le scale e io mi diressi alla porta. Non ascoltai la vocina fastidiosa dentro di me che mi diceva: "Zoe perché Paul dovrebbe suonare, quando ha le chiavi?" Dissi a me stessa che c'erano un milioni di ragioni plausibili.

Girai piano la chiave e mi trovai di fronte a due genti della polizia stradale.

«Buonasera, cercavamo la signora Green.» Parlò uno dei due visibilmente a disagio.

E ancora una volta mi dissi che magari sì, era successo qualcosa ma loro stavano bene, forse erano in ospedale per delle visite di controllo.

«Sono io.» Josy arrivò dietro le mie spalle. «Entrate pure.»

I due omoni si accomodarono in casa guardandosi a vicenda e cercando di decidere chi doveva parlare. Fu quello più anziano, con i lineamenti latini a prendere parola.

«Signora Green, mi dispiace informarla che suo marito oggi pomeriggio, ha avuto un incidente sulla I80, nei pressi di Fairfield. Purtroppo all'arrivo dei soccorsi era già morto.»

Josy scoppiò a piangere seguita da Ash, il poliziotto più giovane aiutò entrambe a sedersi sul divano.

«I miei genitori?» Domandai balbettando.

«Come cara?»

«I miei genitori erano in macchina con lui...loro...» Avevo ancora una piccola speranza.

«I signori Evans?»

Riuscii solo ad annuire. Il poliziotto strinse i pugni prima di pronunciare le parole che avrebbero distrutto la mia vita per sempre.

«Mi dispiace, anche loro sono morti sul colpo. Due miei colleghi sono a casa vostra ora. Mi dispiace...»

«Come?» Chiesi senza versare una lacrima. «Com'è successo?»

Lui respirò e sentii i singhiozzi di Josy bloccarsi per ascoltare ciò che aveva da dirci l'uomo.

«Un camion ha invaso la corsia e la prima macchina che ha travolto è stata quella del signor Green. Non se ne sono accorti, i soccorritori hanno detto che non hanno sofferto.»

Un camion aveva portato via tutta la mia famiglia, tutto ciò che avevo, lasciandomi sola. I miei genitori erano morti e non avrei più rivisto il sorriso di mia madre, mentre preparava i pancake preferiti di mio padre, e lui che le baciava il collo per ringraziarla. Non li avrei più sentiti ridere a una battuta sconcia di Carl.

La mamma non mi avrebbe mai portato a cercare il mio abito da sposa e papà non sarebbe stato al mio fianco il giorno delle mie nozze.

Non avrebbero tenuto fra le braccia il loro nipotino.

Erano morti e non li avrei mai più rivisti...

Lucas mi guardava negli occhi non sapendo cosa dire. Poi cercai di sorridere, non avrei voluto rovinare la nostra serata, ma mi era venuto naturale raccontargli tutto. Non lo avevo mai fatto, le uniche persone che mi erano davvero vicine avevano vissuto con me quella tragedia.

«Ti senti bene Zoe?» Chiese gentile.

«Sì.»

«Mi dispiace molto per i tuoi genitori.»

«Grazie, avevo bisogno di parlarne con qualcuno. Anche se forse non è proprio un argomento adatto a una prima uscita.» Osservai assaggiando una lumaca, che trovai sublime.

«La mia speranza è che questa sia la prima di molte altre... uscite. Poi ci conosciamo da più di un anno, non sono propriamente un estraneo no?»

«No, non lo sei.» Confermai le sue parole e tornai a concentrarmi sul piatto di fronte a me.

La cena, dopo il mio sfogo, tornò ad essere leggera e piacevole. Lucas si stava dimostrando davvero una splendida compagnia, mi trovai a pensare che era un peccato aver aspettato tanto per lasciarmi andare con lui.

Mi raccontò come avesse deciso di fare lo chef, mi parlò della sua famiglia che abitava a San Diego, della sua ultima storia amorosa naufragata perché lei non tollerava i suoi orari lavorativi.

«Posso farti una domanda Lucas?» Domandai mentre sorseggiavamo il caffè.

«Come mai prendi i Cupcakes da me?»

«E i Muffin...» Precisò lui.

«Esatto, come mai?»

«Ero venuto all'inaugurazione del Café For You e avevo trovato i tuoi dolcetti deliziosi. Poi ho visto te... e sono tornato.» Si schiarì la voce. «Per i primi due mesi venivo da te almeno cinque volte a settimana, ma tu... Dio eri sempre così impegnata, non mi hai mai degnato di uno sguardo.» Riprese la mia mano stringendola. «Allora ho deciso di servirmi da te anche per il ristorante.»

«E io che credevo che avessi scelto me per i miei favolosi Cupcakes.»

«No, ho scelto i tuoi Cupcakes per te...» Si portò la mano alle labbra e la baciò dolcemente.

«Non mi sono mai accorta di nulla.»

«Lo so, non ho mai voluto insistere... ma l'altro giorno, non ho più resistito. Cos'avevo da perdere in fondo?»

«Nulla...» Sussurrai.

«Se non mi fossi deciso, invece, mi sarei negato questa splendida serata con te. E poi chissà, magari anche altre.»

Gli sorrisi un po' imbarazzata, ma per mia fortuna, la cameriera venne a portarci il conto e un messaggio dello chef per Lucas, avvertendolo che era troppo impegnato per mollare la cucina e lo avrebbe chiamato il giorno dopo.

Pagò dando la sua carta di credito e dieci minuti dopo eravamo sulla strada di ritorno. La radio trasmetteva una bellissima canzone di *Brandi Carlile* The Story, mi ritrovai a canticchiarla.

You see the smile that's on my mouth
It's hiding the words that don't come out
And all of my friends who think that I'm blessed
They don't know my head is a mess
No, they don't know who I really am
And they don't know what
I've been through like you do
And I was made for you...

«Ti piace molto questa canzone?» Chiese bloccando la mia voce e i pensieri che inesorabili mi stavano riportando alla persona che questa canzone mi ricordava: Andrew.

Ero fatta per lui, peccato che non lo avesse mai capito.

«Sì mi piace molto.»

La sua mano si posò sulla mia gamba e io l'afferrai appoggiando la testa al sedile.

«Sono le undici vuoi andare a casa o posso tenerti ancora un po' con me?» Voltai la testa verso di lui e pensai a come sarebbe stato facile amare un uomo come lui, a quanto mi avrebbe fatto sentire importante e unica.

Eppure…

«Devo rientrare, per Olivia. Non sono mai stata fuori tanto.»

«Certo, ti riaccompagno solo se mi prometti che mercoledì sera ci rivediamo.» Disse sorridendo senza mai levare lo sguardo dalla strada.

Ci pensai un attimo, perché mi ricordavo che avevo qualcosa da fare, poi mi venne in mente. «Ho il compleanno di Mag, se vuoi puoi accompagnarmi...» Gli dissi senza rendermi conto che a quella festa ci sarebbe stato con ogni probabilità anche Andrew.

«Certamente, a che ora è?»

«Alle sette e mezza a casa sua.»

«Ci sarò.» Confermò serio. «Ho la sera libera, faccio lavorare il mio secondo.»

«Mag sarà molto contenta di vederti, Lucas.»

«Io sarò più felice di rivedere te.» Asserì con un sorrisetto allusivo.

Parcheggiò sul retro del mio stabile, dove c'era la porta che dava sia sul *Café* che al piano dell'appartamento.

Mise la macchina in folle. «Sono stato davvero bene con te.»

«Io anche, Lucas.» Ed era vero. Per la prima volta dopo tanto tempo non avevo pensato sempre ad Andrew e in quel momento il pensiero di fare le scale e doverlo affrontare mi rendeva irrequieta.

«Allora ci vediamo Mercoledì.»

«Già...»

Si avvicinò al mio viso, passandomi una mano dietro la nuca e chinandosi mi diede un bacio a fior di labbra.

«Il nostro primo bacio non sarà in macchina, Zoe. Ti chiamo domani.»

Scesi dalla macchina in stato confusionale. Per la seconda volta pensavo, avevo sperato che mi baciasse e invece mi aveva stupito. Di nuovo.

11

Aprii la porta dell'appartamento e lo trovai buio, mi guardai attorno, ma di Andrew nessuna traccia. Andai a controllare in camera di Olivia, lei stava dormendo come un angioletto, ma non era neppure lì.

Dov'era finito?

Tornai in soggiorno e vidi la porta del terrazzo spalancata, con ogni probabilità era uscito per prendere un po' d'aria. Infatti era lì, in piedi, con le braccia appoggiate alla balaustra e lo sguardo perso nel vuoto.

«Andrew?» Lo chiamai piano.

Non si mosse di un millimetro. «Pensavo uscissi con Alyssa...»

«Non l'ho mai detto.»

«No, è vero.» Sospirò. «Infatti ha telefonato, lasciandoti un messaggio in segreteria, era curiosa di sapere fino a che base hai fatto arrivare un certo Lucas.»

Alyssa lo aveva fatto di proposito, l'avevo avvertita tramite messaggio che Andrew si sarebbe preso cura di Olivia e al posto di chiamare me, sul cellulare, aveva deliberatamente chiamato a casa lasciando un messaggio per infastidirlo. L'avrei strozzata!

«La chiamo dopo, se vuoi puoi andare Andrew. Grazie.» Dissi cercando di chiudere lì il discorso.

Si voltò per guardarmi, le sue labbra si tirarono in un mezzo sorriso, non seguite dagli occhi, tormentati come se ci fosse qualcosa che lo rendesse nervoso. «Allora a che base hai fatto arrivare quel tizio?»

«Andrew...»

«Dimmi Zoe, ti sei concessa a lui subito, come hai fatto con me?» Sibilò brutale.

«Smettila!» Scoppiai alterata. «Non hai nessun diritto di parlarmi così! Non sono né la tua fidanzata né tua moglie. Quello che faccio nella mia vita privata è affar mio, non tuo!» Conclusi con il fiatone.

«Eppure mi sembra di ricordare che una settimana fa, proprio in questa casa, ti contorcevi dalla voglia di farti scopare dal sottoscritto! Hai dovuto trovare un rimpiazzo per soddisfare i tuoi bisogni?»

Sgranai gli occhi allucinata dalle sue brutali parole, perché doveva ferirmi in quel modo perfido?

«È ora che tu te ne vada, sono stanca.» Avrei voluto fare molte cose: insultarlo, schiaffeggiarlo, urlargli dietro. Ma non lo feci, non mi sarebbe servito a nulla.

«Cos'è, il mio sostituto ti ha affaticato? Eppure non è neanche mezzanotte. Ricordo perfettamente come riuscivi a reggere anche una notte intera di sesso... devi aver perso un po' di smalto.»

«Perché mi fai questo?» Chiesi piano, con la voce che tremava per la rabbia.

In due passi mi fu davanti. «E tu perché ti sei fatta scopare da un altro?» Domandò con un'espressione torva, come se fosse tormentato. «Come hai potuto farti toccare da un altro uomo!»

«Andrew, smettila...» Lo implorai. «Mi ha portata fuori a cena.» Mi strofinai il viso con le mani, come potevo giustificarmi con lui? Mi aveva appena insultata e ferita, eppure gli stavo dando una spiegazione su quello che era accaduto tra me e Lucas.

Avevo davvero perso la testa.

«A cena?» Chiese scettico.

«Non tutti si vergognano di me. Per te potrà sembrare assurdo, ma qualcuno trova piacevole portarmi fuori a cena, e mostrarmi al mondo. Non tutti sono come te Andrew!»

«Non sai di cosa parli.»

«Be' mi pare evidente no? Io e te, in un anno... in un lunghissimo fottuto anno non siamo mai usciti neppure una volta. Mai...»

«Zoe l'ho fatto per te...»

«Stai dicendo un sacco di cazzate Andrew.» Chiosai perentoria, usando un linguaggio che non mi apparteneva. «Tu non mi portavi fuori perché ero qualcosa da nascondere e non da proteggere. Ma d'altra parte la nostra non era una relazione, no?»

«Zoe...» Parlò con voce roca. «Non sai di cosa stai parlando, davvero.»

«Be' illuminami allora! Dimmi tutto, sono qui di fronte a te, fallo!»

«Non posso...»

«Puoi startene qui ad insultarmi come se fossi la peggiore delle donne, chiedendomi cose assurde. Come se io fossi tua, e non puoi per una dannata volta parlare con me in onestà?»

«Zoe...»

«Smettila Andrew!» Colpii il suo torace con i palmi delle mani. «Smettila di farmi del male, ti prego.» Mi afferrò i polsi e mi tirò a sé, circondandomi il corpo con le braccia.

«Scusa piccola, hai ragione. Ma quando si tratta di te non riesco a ragionare con lucidità. Non volevo dire quelle cose… Non ho mai pensato a te come una donna facile.» Alitò al mio orecchio. «Perdonami Zoe.»

Mi lasciai avvolgere completamente da lui, mandando all'aria il mio piano Zoe 2, non sarei mai uscita vincitrice contro di Andrew. Per quanto cercassi di nascondere i miei sentimenti mi bastava un suo contatto per far tornare in superficie tutto quello che provavo per quell'uomo.

«Scusami…» Sussurrò ancora baciandomi la testa. «Scusami…»

«Devi lasciarmi andare Andrew… non puoi fare così. Tu stai per sposarti, e io…»

«Shh, lo so piccola. Lo so, ma ho bisogno di restare ancora un minuto qui così, solo noi due.»

Respirai il suo profumo e non mi mossi, sapendo con certezza che ero nell'unico posto in cui volevo essere, tra le braccia dell'uomo che amavo.

* * *

Un rumore nel corridoio mi fece svegliare.

Sbattei le ciglia più volte prima di mettere a fuoco la stanza d'albergo, la sua carta da parati elegante, l'odore dei fiori freschi sul comodino.

La luce fredda e tagliente del primo mattino oltrepassava le fessure tra le persiane, riflettendosi in righe orizzontali sulla moquette.

Doveva essere appena l'alba.

Sbadigliai osservando la mia biancheria intima sparpagliata sul pavimento con quella di Andrew, insieme a buona parte dei nostri vestiti.

Il pensiero di quello che era accaduto poche ore prima mi fece avvampare e mi mordicchiai le labbra mentre ascoltavo il suo respiro pesante alle mie spalle.

Ero un po' nervosa...

Al contrario delle altre volte, volte in cui ci incontravamo solo per fare sesso, non ero andata via.

Mi ero addormentata, forse anche un po' di proposito ed ecco, ero lì, fra le lenzuola ancora calde di noi, immobilizzata per paura che mi sentisse e si svegliasse e dicesse... dicesse qualcosa di brusco, o di pesante.

Avevo paura che mi avrebbe ferito.

Forse inconsciamente volevo solo metterlo alla prova.

Cosa esattamente volessi ottenere proprio non lo sapevo, stavo rischiando grosso e se fossi stata intelligente, mi sarei alzata e senza far rumore, avrei lasciato la stanza.

Ma si sa, l'intelligenza non sempre va a braccetto con l'amore, di certo non in quel caso.

Misi a tacere la vocina che riecheggiava dentro me e mi girai piano.

Andrew dormiva.

Era supino con un braccio ripiegato dietro la testa e le labbra imbronciate.

Anche quando non era sveglio manteneva quella sua aria severa da uomo d'affari.

Dovetti trattenermi per non scoppiare a ridere, poi però, inevitabilmente, il nervosismo tornò ad attanagliarmi.

Avevo i crampi allo stomaco e il cuore mi batteva forte.

Era qualche giorno che rimuginavo troppo. Allontanarmi da Andrew era sempre più difficile e nelle ore che trascorrevamo separati mi mancava terribilmente. Avevo la continua voglia di sentirlo anche solo con degli stupidi SMS.

Purtroppo sapevo in cosa mi stavo andando a cacciare ed ero consapevole che una volta imboccata una certa via sarebbe stato difficile tornare indietro, ma non riuscivo a rimanere distaccata.

Non riuscivo a essere come lui, a godermi il sesso e basta.

Lo invidiavo, dannatamente, perché non ci metteva il cuore, non come facevo io.

Se avessi continuato su quella strada ci sarei rimasta molto male, anzi, già lì, in quel momento, se lui mi avesse mandata via, ci sarei rimasta male.

Chissà quali dolci parole avrebbe usato per farmi levare le tende.

"Cos'è, Zoe, hai smarrito la bussola?"

"Zoe, pensavo che fossi andata già via."

"Piccola, non vedo il motivo per cui tu sia qui, non ho tempo per fare sesso la mattina."

Andrew si mosse all'improvviso e per evitare che mi trovasse lì a fissarlo, chiusi subito gli occhi.

Stavo contando quanti secondi ci avrebbe messo per pronunciare una delle sue frasi taglienti che mi avrebbero deluso, invece non sentii nulla, se non sospiri nel sonno.

Mi sentivo così debole quando si trattava di lui, non riuscivo nemmeno più a rifiutare i suoi appuntamenti.

Era già capitato di aver rimandato i miei impegni per non mancare l'occasione di stare con lui e prendere il più possibile di ciò che mi offriva. Qualsiasi cosa veniva dopo a Andrew e ai suoi bisogni.

Patetica...

Stavo per riaprire gli occhi quando lo sentii muoversi di nuovo.

Il calore del suo corpo si fece sempre più vicino finché non mi attirò a sé con uno strattone.

Avrei dovuto colpirlo perché non rispettava nemmeno il mio sonno – ipotetico sonno – ma non feci altro che sorridere nascosta dalla sua spalla.

Mi aveva letteralmente portata sopra di sé, il suo respiro fra i capelli, le mani grandi che scorrevano sulla mia schiena nuda.

«Zoe?» Mi richiamò con voce rauca, appena udibile.

Non risposi godendomi il suo buon odore e la sua stretta.

«Cavolo, Zoe, se non ti sei svegliata dopo questo strattone, crederò che tu sia una specie di rinoceronte in letargo.»

«Attenzione, ho un corno nascosto da qualche parte. E poi i rinoceronti non vanno in letargo.» Sussurrai contro il suo orecchio.

Lui ridacchiò e io strofinai il naso sul suo collo. «Lo so, lo so. Quindi come mai sei ancora qui?» Chiese con voce vellutata. Non sembrava che gli dispiacesse.

«Mi sono addormentata... Ero stanca.»

Lui ridacchiò ancora, lasciando una scia di baci lungo la mia spalla. «Già, dopo tutto quello che ti ho fatto.»

«Io mi riferivo al lavoro.»

«Vuoi offendere, Zoe?»

«Niente affatto. Ora però me ne vado.» Feci per alzarmi, ma lui mi attirò di nuovo a sé.

«Non ci pensare proprio.» Disse roco. «Sei nuda e sopra di me, esattamente dove dovresti essere.»

Le sue mani scesero solleticando la mia pelle, mi afferro le natiche stringendole forte. «Sei così... deliziosa anche di prima mattina.»

E quello che accade fu inevitabile, ci perdemmo l'uno nell'altra, godendo del piacere estremo che riuscivamo a provare ogni volta.

Il suo corpo sapeva perfettamente quali corde toccare per donarmi l'estasi, per farmi perdere totalmente la testa e farmene agognare ancora e ancora.

In quel momento, in quel preciso istante, quando l'orgasmo mi travolse come un fiume in piena capii di essere perduta.

Di essere totalmente e inesorabilmente innamorata di lui.

Io ero sua.

E quella consapevolezza piombò su di me come un gigantesco fulmine, elettrizzando ogni cellula del mio corpo.

Quando entrambi ricademmo sul letto ansanti, ebbi quasi il terrore di guardarlo negli occhi, perché certa che avrebbe capito ciò che provavo davvero per lui.

Il materasso si mosse e io venni privata dal calore del suo corpo e dal profumo della sua pelle, lo osservai di sottecchi, mentre nudo si dirigeva nel bagno, chiudendosi la porta alle spalle.

Riaprii gli occhi e portai una mano al cuore che batteva velocemente. Dio, quell'uomo mi faceva provare delle sensazioni che mai nessuno aveva suscitato in me.

E anche se il mio cervello voleva scappare da lì, le mie gambe sembravano incollate al materasso.

Lo scrosciare della doccia arrivò alle mie orecchie come la più bella delle melodie, i ricordi di noi due avvinghiati dentro quel grande box mi fecero scaldare, di nuovo.

Potevo non averne mai abbastanza?

12

Stavo finendo di impacchettare il regalo per Mag; avevo optato per un soggiorno romantico di due notti in un luogo a loro scelta. Andavo sul sicuro sapendo quanto lei e Carl amassero viaggiare; avrei voluto regalargli una settimana in qualche località tropicale, ma le mie finanze erano tirate e quello era tutto ciò che potevo permettermi. Per me era importante farle dei bei regali, per ringraziarla di tutto quello che faceva per me e per la mia bambina, era una presenza costante: il mio pilastro, la donna che faceva le veci di mia madre.

Senza di lei non avrei mai superato il trauma dell'incidente, era stata proprio Mag a convincermi ad andare in terapia da uno psicologo. Lei cercava di farmi svagare, di portarmi fuori anche quando non volevo far altro che dormire e auto commiserarmi. Grazie a Mag ero tornata a vivere, le dovevo molto. Forse tutto.

Per un anno intero dopo l'incidente non mi aveva mai mollato, nonostante dovesse badare anche a Josy e Ash, era sempre stata al mio fianco.

«Mammina ho fatto bigliettino per Mag!» Disse Olly porgendomi un foglietto rosa con un disegno fatto da lei: un cuore rosso che sembrava un opera di Picasso.

«È bellissimo amore.» Le sorrisi, pinzandolo al regalo. «Zia Mag, ne sarà entusiasta.»

«Perché non *poscio venile* anch'io?»

«Andiamo domenica con zia Mag al parco, stasera è una serata per soli grandi. Capisci?»

«Sì! C'è anche *Andew* mammina?»

«Credo di sì.»

Non ne ero certa, da lunedì sera non ci eravamo più visti. Mi aveva scritto un messaggio spiegandomi che era a Seattle per lavoro e che non poteva stare con Olivia fino a giovedì, ma che gli sarebbe piaciuto portarla a mangiare fuori. Avevo risposto che sarebbe stato difficile da solo gestire la bambina, di tutta risposta mi informava che sarebbe venuto appena dopo pranzo e per andare a mangiare un gelato e fare una passeggiata al parco.

«Domani sera ti porta a mangiare il gelato.»

«Se tu lo sposi diventa il mio papà! *Pecché* non lo sposi mammina?»

Il cuore mi finì in gola. Cosa potevo dirle? La verità no, prima avrei dovuto parlarne con lui e dopo, insieme, avremmo preso le giuste decisioni.

«Piccola...» Non riuscivo a trovare le parole adatte. «Andrew, ti vuole molto bene anche se non ci sposiamo. Lui ci sarà sempre per te.»

«*Davveo*?» Chiese speranzosa.

«Certo piccola.»

* * *

Arrivammo di fronte alla villetta di Mag, nel *Sunset District*, alle sette e quaranta. Lucas aveva parlato amabilmente per tutto il tragitto in macchina, raccontandomi piccoli aneddoti divertenti su quello che accadeva nella sua cucina.

Ringraziavo Dio di lavorare da sola nel mio laboratorio e non avere nessun tipo d'ingerenza da parte di nessuno, probabilmente io al posto suo avrei tirato dietro ai miei collaboratori ciotole e fruste.

Parcheggiò l'auto e da perfetto cavaliere mi aprì la portiera facendomi scendere. Un gesto davvero galante che lo rendeva ai miei occhi ancor più adorabile.

Mi porse la mano aiutandomi a scendere. «È qui che sei cresciuta?» Chiese gentile prima di entrare nel vialetto.

«Sì.» Con l'indice indicai una casa su due piani bianca. «Quella era casa nostra.»

«L'hai venduta?» Domandò curioso.

Annuii. «Era troppo grande e piena di ricordi bellissimi, ma che mi facevano molto male. L'ho venduta facilmente, poi mi sono trasferita in centro in un piccolo monolocale in affitto.»

«Capisco. E te ne sei pentita?»

«No, assolutamente. Ho usato i soldi che mi hanno lasciato i miei genitori per vivere e avviare l'attività, mentre quello che ho ricavato della casa li ho messi in un fondo fiduciario per Olivia. Ho pensato che avendo solo me…»

«Non si sarebbe trovata con le spalle scoperte. Sono davvero ammaliato dalla tua personalità. Hai affrontato una cosa così grande quando eri solo una ragazzina e tutta da sola.»

«Non ero sola, c'era Mag, Carl e Josy.» Cercai di spiegare, mentre allungò la mano libera per accarezzarmi il viso.

«Nessuno dovrebbe avere un carico del genere. Tu sei stata eccezionale e con Olivia… Stai tirando su una figlia stupenda. Non dare ad altri meriti che sono solo tuoi.»

Ci guardammo negli occhi per un istante, prima che le sue labbra si posassero sulle mie. Dolci e leggere, ma anche quello fu un contatto veloce. Si staccò appoggiando la sua fronte alla mia.

«Stasera ti bacerò Zoe…»

Gli sorrisi di rimando, era così diverso da Andrew, faceva tutto in punta di piedi. Mentre Andrew fin dall'inizio era entrato nella mia vita come un carro armato, non fermandosi mai davanti a nulla, neppure di fronte ai miei sentimenti.

«Entriamo?» Domandai non lasciando la sua mano.

«Entriamo.»

* * *

Erano tutti nel retro, dove c'era il giardino e il barbecue. Mi fermai sulla soglia della portafinestra ad osservare la scena: Carl alla brace, Josy che tagliava i pomodori, Mag che parlava con Ashley, mentre Andrew era spostato di lato a parlare al cellulare.

Lucas si mise dietro di me e poggiò le mani sui miei fianchi. «Tutto bene?»

«Sì.» Mentii.

Quello che stavo guardando era stonato, non doveva essere così. Carl avrebbe dovuto essere affiancato da mio padre e da Paul. Josy e mia madre avrebbero fatto battute sul poco aiuto che Mag dava e io avrei rubato dei pezzetti di salsiccia cruda.

Invece loro non c'erano…

«Ragazzi!»

La voce squillante di Mag, ci fece muovere verso di loro. Vidi con la coda dell'occhio Andrew voltarsi nella nostra direzione e irrigidirsi, feci finta che non fosse lì e mi sedetti al fianco di Lucas.

Quella era una situazione surreale, sbagliata, tutto era fuori luogo; io seduta a fianco di Lucas che non perdeva l'occasione di entrare in contatto con il mio corpo, Andrew ed Ashley di fronte a noi e lui che mi lanciava occhiatacce. Lei non smetteva un attimo di blaterale del loro matrimonio, era un continuo di: le tovaglie le volevo avorio e non panna, la torta doveva essere a sei piani, e poi gli inviti.

Dio, per gl'inviti aveva sproloquiato per venti minuti, infuriandosi come una matta perché il tipografo aveva usato un tipo di carta, secondo lei, troppo liscia e poco lucida. E per avvallare le sue convinzioni aveva nella borsa due campioni che, chiaramente erano uguali.

In tutto ciò Andrew non aveva detto neppure una parola, era lì, ma non del tutto.

Se non lo avessi conosciuto, avrei affermato che era geloso di me e Lucas. Probabilmente, la causa del suo umore non idilliaco era il lavoro.

E io, come lui, me ne stavo seduta composta, in silenzio, giocando con il cibo, massacrando una piccola costina come se fossi a lezione di biologia. Ma quella situazione mi aveva fatto chiudere lo stomaco, pensavo di potercela fare, di sbattere in faccia ad Andrew che anche io potevo guardare avanti, lasciarmi il nostro rapporto alle spalle. E guardare con fiducia al mio progetto Zoe 2. Invece stavo semplicemente mentendo a me stessa, cercando in ogni modo di nascondere la verità.

Per quanto Lucas fosse fantastico, non era Andrew.

Per quanto Lucas fosse premuroso, non era Andrew.

Per quanto ancora potevo mentire?

E la cosa m'innervosiva parecchio, perché se non fossi riuscita ad aprire il mio cuore a un altro uomo, sarei finita per restare da sola per tutta la vita, mentre Andrew avrebbe formato la sua bella famiglia con Ashley.

Un'immagine di loro due felicemente sposati e con un bambino, mi balenò per la testa, provocandomi un dolore lancinante al cuore. Presi la bottiglia di Budweiser, e ne buttai giù un lungo sorso.

«Dovremmo comprare una casa qui, non trovi Andrew?» Chiese Ashley con un sorriso raggiante sulle labbra e io drizzai le orecchie. «Almeno avremmo la giusta privacy quando verremo a trovare la mamma.»

Lo intravidi annuire, ma non disse nulla, fu Josy a parlare.

«Cara ma potete stare qui ogni volta che vorrete!»

«Lo so mamma, ma per noi sarebbe meglio un posto tutto nostro. Appena ci sposeremo non vorrai dividere la casa con noi...» Poi si voltò a guardare me, con lo stesso sguardo che i pugili hanno prima di sferrare il colpo del K.O. «Ho visto che casa tua è stata messa in vendita.» Asserì con nonchalance. «Potrebbe essere perfetta per me e il mio tesoro.» Concluse accarezzandogli il viso.

Andrew puntò i suoi occhi nei miei, mentre Lucas appoggiò un mano sulla gamba come a voler calmarmi.

Io invece volevo alzarmi e spaccare tutto.

«Ash, smettila!» La redarguì sua madre.

«Perché? Che problema c'è, lei stessa ha venduto la casa anni fa.»

«Ashley!» La richiamò sua zia. «Non è questo il momento...»

Io non riuscii a dire nulla, troppo incredula davanti a quell'uscita così inopportuna.

«Oh dai, è solo una casa e per noi è perfetta. Sarebbe un problema per te Zoe?»

Era la prima volta dal litigio in caffetteria che io e lei ci parlavamo direttamente. Presi il tovagliolo e mi pulii gli angoli della bocca, sentivo su di me lo sguardo di quasi tutti i presenti.

«Ashley, davvero se ti dicessi che per me è un problema tu cambieresti idea?» Domandai sarcastica.

«Io, a differenza tua, ho a cuore i tuoi sentimenti.» Rispose sistemandosi meglio sulla panca.

Una risata quasi isterica mi uscì dalla gola. «Dio, ma ci credi davvero a quello che dici Ash?»

«Cosa vorresti insinuare?» Chiese piccata.

«Lo sai…» Affermai puntandole l'indice contro. «Vuoi davvero che dica ciò che realmente penso davanti al tuo *splendido* fidanzato?»

Vidi le sue pupille dilatarsi, sorpresa da quella non tanto velata minaccia. Non avrei sopportato un secondo di più le sue cattiverie. Finché se la prendeva con me, era un conto, ma non doveva permettersi di ferirmi usando i miei genitori, non gliel'avrei concesso.

Nessuno osò dire nulla, ci guardavano in attesa della risposta di Ash, ma non arrivò, abbassò gli occhi sul suo piatto e si mise a tagliare una melanzana grigliata.

* * *

Dopo una mezzora da quel battibecco tutto sembrò tornare tranquillo; Carl parlava del mercato dei giocatori di Basket con Lucas, Ashley era impegnata a parlare con sua madre e Mag mentre Andrew si era allontanato per fare una telefonata. Colsi l'occasione per andare in bagno e mettere un po' di spazio tra me e tutti loro.

Una volta entrata bagnai i polsi sotto l'acqua gelata e poi mi rinfrescai sia il collo che il viso, infischiandomene del poco trucco.

Mi sentivo esausta, quella cena si stava rivelando più difficile del previsto, e stavo cominciando ad arrancare. Riempii i polmoni di aria e in quell'esatto momento la porta dietro di me si aprì per poi chiudersi di scatto, non ebbi bisogno neppure di guardare chi fosse, lo sapevo, percepivo la sua presenza ovunque.

«Cosa vuoi Andrew?» Domandai con tono piatto.

«Perché lo hai portato qui?»

Era davvero incredibile, dopo tutto quello che era avvenuto lui voleva saperne di più su Lucas.

«Non inizierò questa conversazione con te.»

«Invece lo farai.» Esclamò perentorio, ma ormai i suoi modi non mi intimorivano più.

«Sei assurdo! Vieni qui e pretendi da me cose che non stanno né in cielo né in terra…» Esplosi portata allo sfinimento. «Cosa vuoi da me Andrew?»

Mi guardò per un secondo, prima di sbattermi al muro e avventarsi sulle mie labbra. Ma quella volta non gliela diedi vinta, non poteva continuare a giocare con me e i miei sentimenti. Non ero la sua bambolina di pezza che poteva usare a suo piacimento.

Ero stufa dei suoi mutamenti umorali.

Ero esausta di sentirmi sempre così fragile davanti a lui.

Ero stanca di concedergli sempre qualcosa.

Lo respinsi, andando contro me stessa e prima che potessi accorgermi la mia mano destra collise sulla sua guancia. Per la seconda volta da quando era rientrato nella mia vita, lo avevo schiaffeggiato.

«Devi smetterla. Non mi devi più toccare!» Dissi divincolandomi da lui.

«Non ci riesco, come puoi chiedermelo!» Affermò incurante che la sua guancia stesse diventando rossa. «Non potrò mai stare lontano da te...»

«Tu...» gli picchiai i pugni sul suo petto come una furia.

«Picchiami, schiaffeggiami... fa qualunque cosa, ma non smettere mai di toccarmi.» Implorò legando i nostri sguardi. «Potrei morire se tu non mi toccassi più.»

Le sue parole mi bloccarono, non lo capivo, nulla di quello che stava dicendo aveva più senso.

«Mi hai lasciata qui per quattro anni, ti sei fatto toccare da altre donne...»

«Zoe...»

«Hai permesso ad altri di avermi...» Vidi il suo viso contorcersi dal dolore.

«Ti prego, non dirlo...»

«Cosa non devo dire? Che altri hanno avuto quello che tu hai rifiutato?» Sputai velenosa. Erano menzogne, non c'erano stati altri, solo uno, ma doveva pagare per il male che mi stava facendo provare. «O che da quando te ne sei andato altri uomini hanno goduto... della mia compagnia?»

Le sue mani mi strinsero le braccia, facendomi indietreggiare fino alla porta.

«Sta zitta!» Ringhiò furioso. «Non parlare!»

«Lasciami!»

«No, non posso farlo.»

«Tu sei ridicolo... tutto questo è ridicolo, lasciami!»

«Tu non capisci!»

«Io capisco benissimo, Andrew. Sei tu che non lo fai... hai la memoria corta? Non ricordi che in giardino c'è la donna che ami?»

«No, io non...»

«Stai facendo tutto questo per portarmi ancora a letto?» Domandai in un sussurro.

Mollò la presa sulle mie braccia di scatto e fece un passo indietro. «È questo che credi?» Domandò scioccato.

«Non so davvero cosa credere, con te è tutto così complicato. Tu sei dannatamente complicato...» Parlai con voce rotta dal pianto. «Di una cosa sono certa, tu non mi ami e non lo hai mai fatto. Perché se tu mi amassi non permetteresti mai quello che sta accadendo questa sera.» E per una volta lasciai che le lacrime uscissero libere, non avendo più la forza di fermarle, a stento riuscivo a respirare.

Andrew mi guardò in silenzio e poi, com'era arrivato se ne andò. Lasciandomi nuovamente sola con me stessa.

13

La festa sembrava non voler finire, erano solo le dieci e io mi sentivo a pezzi. Mi dispiaceva per Mag, ma avevo solo voglia di andare a casa mia e dimenticarmi di tutto. Guardai Lucas, che non sembrava un estraneo, anzi, con Carl andava molto d'accordo, mentre Andrew sembra perso in un mondo tutto suo. Be', non era un problema mio, non lo sarebbe più stato. Dopo l'incidente in bagno, non avrei più permesso che lui interferisse con la mia vita o che pretendesse da me qualcosa che non gli apparteneva.

Dio, il suo comportamento mi stava davvero facendo impazzire, non aveva mezze misure e soprattutto non parlava chiaro.

Preferivo quando era schietto, anche se il più delle volte mi aveva ferito, era meglio sapere come stavano esattamente le cose, piuttosto che tutti i suoi mezzi silenzi.

Non lo sopportavo.

Ashley dopo un po' mi puntò i suoi occhi addosso. Dopo aver notato la carezza distratta che Lucas mi aveva fatto sulle dita, sembrò uscire dalla bolla di egocentrismo che di solito la racchiudeva e le sue iridi si accesero... di quale emozione non riuscii a capirlo ma non era qualcosa di benevolo.

Decisamente no...

«Oh, siete così carini insieme!» Chiosò con voce petulante. «Sono felice per te Zoe, sul serio. Era ora che mettessi la testa a posto.» Lo disse in tono scherzoso, ma l'effetto che ebbe su di me fu soltanto l'ennesimo coltello rigirato sempre nella stessa piaga. Sorrisi di circostanza, sperando che ritornasse a elogiare le sue extentions o i suoi soldi, o il suo uomo, ma ero troppo ottimista. Figuriamoci se per una volta, una sola dannatissima volta le cose potevano andare come io desideravo.

«Io credo che Olivia abbia bisogno proprio di un padre e Lucas è così gentile...»

Lo scatto della testa di Andrew nella sua direzione fu talmente veloce e improvviso che tutti i nostri occhi si puntarono su di lui, confusi e curiosi. Aveva le mani sospese a mezz'aria e impugnava le posate mentre si accingeva a tagliare un pezzo della sua bistecca.

Ashley lo guardò stranita e gli fece un sorrisetto sostenuto, non capendo ciò che era accaduto, non intuendo ciò che stava per succedere. D'altra parte lei e la sua piccola testolina non avevano pensato a quell'evenienza. Troppo presa da sé, non aveva notato gli indizi.

«Dovresti chiudere quella bocca una volta ogni tanto!» Sbottò trattenendo la voce.

Rilasciò le posate che caddero bruscamente nel piatto. «Olivia ce l'ha già un padre. Sono io!» Disse alzando la voce. «Ora piantala una buona volta con le tue stronzate!»

Calò un silenzio elettrico e gelido. Ashley era sbiancata, Lucas pure, gli altri commensali avevano gli occhi sbarrati.

Io...

Io ero piena di soddisfazione. Non soddisfazione nei confronti di Ashley, ma nei confronti della vita. Avevo avuto finalmente la mia rivincita, ciò che avevo desiderato da quando era ritornato nella mia vita e in quella della bambina, che

161

lui ci mettesse il cuore almeno con Olivia. E lo aveva fatto, quello era il primo passo verso la sua paternità.

Forse era la risposta ai suoi silenzi e alle tante parole non dette.

La bocca di Ashley tremolò mentre il volto di Andrew si arrabbiava ancora di più.

«Tesoro che stai dicendo?» Piagnucolò.

«Non ci senti?» L'aggredì. «E non guardarmi così, credi che non abbia capito il tuo gioco Ashley? Che non sappia perché io mi trovi qui stasera?» Prese fiato. «Dio... pensavi che non avessi capito? Mi credi così stupido?»

«Andrew...» Lo richiamai vedendo la rabbia che lo assaliva. Non volevo che sbottasse lì di fronte a tutti, più di quanto non avesse già fatto. Lui mi guardò un attimo, poi scostò la sedia all'indietro.

«Scusatemi.» E si alzò allontanandosi.

Ashley si alzò seguendolo, ma prima che imboccasse l'uscita con un gesto le intimò di stargli alla larga e lei fuggì in lacrime verso il bagno. Io e Mag ci scambiammo un'occhiata.

E capii subito quello che dovevo fare.

Guardai Lucas negli occhi. «Mi dispiace...»

Lui non rispose, ma capì. E fece un cenno di assenso con la testa.

Mi alzai rapidamente per seguire Andrew ovunque stesse andando.

* * *

Camminai velocemente per raggiungere Andrew, ma aveva le gambe più lunghe e di certo era anche più allenato di me. Non volevo mettermi a correre, sarei sembrata patetica, solo un'ora prima lo avevo schiaffeggiato e invece in quel momento lo stavo inseguendo senza sapere cosa gli avrei detto una volta che saremmo stati faccia a faccia.

Quando lo intravidi il mio cuore accelerò, conscio che quello che stava per accadere avrebbe cambiato gli equilibri, per sempre.

«Andrew?» Lo chiamai piano, ma lui né si mosse né si voltò.

Era di spalle, le mani nelle tasche dei jeans e lo sguardo fisso sulla casa di fronte a lui. Sussultai quando capii dove fossimo: casa mia.

«Così è qui che sei cresciuta.» La sua voce era bassa e profonda.

«Sì.»

«È una bella casa.»

«Andrew...» Mi avvicinai posandogli una mano sulla schiena. I suoi muscoli si tesero sotto il mio tocco.

«Non ti ho mai chiesto nulla della tua vita, credevo che in questo modo ti avrei tenuta a distanza.» Disse quasi impaurito.

«Ci sei riuscito.» La mia voce tremò appena.

«Mi conosci così poco, Zoe?» Domandò voltandosi finalmente verso di me.

«C-cosa vorresti dire?» Balbettai.

Inclinò la testa sorridendo, mi porse la sua mano che io afferrai senza pensarci due volte e mi condusse all'interno del giardino in cui ero cresciuta.

«Parlami di loro.» Disse sedendosi sul portico.

«Ora?» Domandai sorpresa.

«Sì, ora.»

«Non dovremmo prima discutere di ciò che è successo prima?»

«No» Asserì perentorio. «Voglio sapere com'erano i tuoi genitori.»

Mi accomodai di fianco a lui e presi un grande respiro, ne avevo davvero bisogno.

«I miei genitori erano fantastici. E non è la solita frase fatta, loro lo erano davvero. Si amavano e amavano me alla follia.» Appena i loro volti felici apparvero nella mia mente, sorrisi. «Non ho mai visto nessuno guardare una donna come mio padre faceva con mia madre, loro avevano un rapporto straordinario. Litigavano, certo, ma non sono mai rimasti arrabbiati tra loro più di un giorno, sono sempre stati un esempio per me.» Ammisi sinceramente orgogliosa.

«Deve essere stato bello crescere in una famiglia così.» Disse Andrew accarezzandomi i capelli.

«Sì, lo è stato, è per questo che dopo l'incidente ho preferito vendere e trasferirmi. Aggirarmi tra queste mura sapendo che loro non sarebbero mai tornati mi faceva troppo male. E io avevo solo diciannove anni...» Spiegai con un po' di tristezza.

«Incidente?» Chiese lui aggrottando le sopracciglia.

Annuii. «Ashley...» Dissi quel nome a fatica. «Lei ti ha raccontato di suo padre?»

«Sì.»

«Deve aver omesso che in macchina con lui c'erano anche i miei genitori, stavano tornando da Sacramento, esattamente dall'aeroporto; il signor Green aveva accompagnato mia madre a prendere mio padre e... tornando, un camion li travolse...» Un singhiozzo uscì incontrollato dalla mia bocca. Andrew mi attirò a sé dandomi un bacio sui capelli.

«Mi dispiace *piccola*...»

«È passato molto tempo ma mi mancano ogni singolo giorno e mi rendo conto di quanto io sia stata egoista a non dirti nulla di Olivia. Le ho negato un padre, solo perché lui non voleva me…»

«Non colpevolizzarti…» Accarezzò dolcemente la mia schiena per calmare i singhiozzi. «Anche io ho le mie colpe.»

Scossi la testa. «Non ricambiare qualcuno non è una colpa Andrew. Io sapevo a cosa andavo in contro e se poi…» Mi bloccai quando mi resi conto cosa stavo confessando.

Il mio amore.

«E se poi?», Chiese in un filo di voce.

«Non farmelo dire, ti prego…»

Lo sentii sospirare profondamente.

«Vuoi che ti parli dei miei genitori?» Mi chiese dopo un momento di silenzio. Feci cenno di sì con la testa, felice che non mi stesse costringendo ad ammettere i miei sentimenti, riuscii quindi a rilassarmi godendomi quella stretta calda e confortevole.

«Mia madre era una donna davvero eccezionale, cresciuta in un piccolo paesino della Virginia. La sua famiglia, a differenza di quella di mio padre, era di umile origini.» Il suo alito caldo mi solleticava la pelle vicino all'orecchio. «Conobbe mio padre all'università e s'innamorò di lui. Purtroppo…»

«Perché dici così?» Chiesi girando il capo per poterlo guardare negli occhi.

«Mio padre è un bastardo. Le ha rovinato la vita.» Pronunciò quelle parole con un astio che mai gli avevo sentito rivolgere verso qualcosa o qualcuno. «L'ha sposata e catapultata in un mondo che non le apparteneva, senza darle le giuste protezioni. A lui serviva solo una donna da sfoggiare, mia madre era incredibilmente bella e troppo innamorata. E lui l'ha sempre trattata come un oggetto. Secondo mio padre, lei gli era utile solo a far bella figura o per sfornare i suoi eredi…»

«Hai un fratello, vero?» Lo interruppi.

«Sì, Brian ha due anni in più di me.» Confermò. «Lo hai letto su Google?»

«Già...»

«Comunque dopo pochi mese dal matrimonio mia madre rimase incinta di Brian e poi arrivai anch'io.» Sospirò profondamente. «Dopo la mia nascita, uscì fuori la vera identità di mio padre: un subdolo, infido, traditore.» Osservai i suoi occhi chiudersi appena, come se stesse rivivendo qualcosa di davvero brutto. Gli posai la mano sulla gamba per fargli sentire la mia presenza, come se avermi fra le braccia non fosse sufficiente.

«Le ha fatto passare l'inferno per anni, ma lei non lo ha mai lasciato, nonostante ostentasse le sue amanti ovunque... Mia madre gli è rimasta a fianco. Fino a quando non ce l'ha fatta più e... ha tentato di togliersi la vita.»

Mi si mozzò il fiato, ma restai in silenzio lasciandolo proseguire.

«Si è tagliata le vene mentre io e Brian eravamo a scuola. I dottori riuscirono a salvarla ma lei... non fu più la stessa.»

«Cosa le è successo?» Domandai in un sussurro.

«Da quel giorno non è più uscita dalla clinica privata, la sue testa... la depressione e l'esaurimento l'hanno prosciugata. Ha dei giorni buoni, ma purtroppo ne ha molti di più brutti. Mentre mio padre si gode la pensione con una delle sue nuove amiche in *Costa Azzurra*.»

«Mi dispiace...»

«Tu le assomigli molto.» Sgranai gli occhi per quella sua affermazione. «I tuoi occhi... anche i suoi erano così, pieni di luce e di vita. Nelle foto del College era così luminosa, felice, così simile a te.»

166

La sua presa si fece più salda, come se potessi sfuggirgli via. «Per questo ti ho mentito. Ma per te è stato così facile non vedere la verità, eppure era davanti a te... ogni giorno per un anno sono stato lì, di fronte a te, eppure non hai mai visto...»

Il mio cuore accelerò. «Cosa non avrei visto?»

«Quanto ti amavo.»

Tutto intorno a me cominciò a vorticare, la mia mente si rifiutava d'incanalare quell'informazione.

Lui mi amava e lo diceva dopo quattro anni.

Lui mi amava, ma mi aveva lasciato.

Lui mi amava...

«Tu cosa?» Chiesi sconvolta.

«Ero... innamorato di te...» Lo disse senza staccare gli occhi dai miei.

Mi accarezzò una guancia, ma appena la sua pelle fu a contatto con la mia, saltai all'indietro come scottata.

«Perché?» Sussurrai.

«Perché cosa Zoe?»

Mi portai le mani tremanti alle tempie, massaggiandole. «Perché mi hai mentito?» Sentii il terreno mancarmi sotto i piedi «Perché hai lasciato che credessi di non essere niente per te? Perché mi hai fatto questo?»

«Non volevo che tu diventassi come lei...»

«Tu menti!» Mi allontanai da lui. «Tu non mi amavi...»

In una falcata colmò la distanza che ci separava e prese il mio volto tra le mani, lo alzò per far sì che i nostri occhi s'incatenassero.

«Hai ragione sto mentendo, non ti amavo...» Sorrise con gli occhi lucidi. «Io ti amo Zoe... ti ho sempre amata...»

Calde lacrime scesero a bagnare le mie guance.

«Tu sei tutto ciò che voglio dalla vita, tu e Olivia.»

Avevo sognato quel momento così tante volte, che mi parve di non essere lì davvero. Come poteva essere, lui... mi amava.

«Andrew...» Volevo dirgli tante cose, avevo la testa piena di domande. Ma l'unica cosa che riuscii a fare fu scoppiare a piangere come una bambina.

«Shh, non piangere *amore.*» Mi baciò teneramente le guance cercando di asciugare la mia pelle umida. «Mi dispiace, pensavo di proteggerti, invece ho solo incasinato tutto. Ma ora che sei qui tra le mie braccia, non commetterò di nuovo questo errore.»

«Andrew, non siamo più solo noi.» Gli feci notare, mentre il mio cuore batteva all'impazzata,

«Sistemerò tutto... farò tutto ciò che dovrò. Ma tu...» Prese fiato e con emozione proseguì. «Tu dei farmi un promessa...»

«Che...?» La confusione stava aumentando a dismisura e se non fosse stato per le sue braccia a cui mi ero aggrappata, sarei di certo crollata a terra.

«Non scappare come ho fatto io, Zoe.» Mi diede un bacio a fior di labbra. *«Resta con me...»*

14

«Olivia vuoi mangiare per favore?» Stavo cominciando a perdere la pazienza.

Mia figlia mi fissava seria, le braccia incrociate sul petto e la faccia di una che non me l'avrebbe data vinta facilmente.

«No!»

«Smettila di fare i capricci!» La rimproverai. «Finché non finisci tutta la pasta non ti alzi da quella sedia. Ci siamo capite?»

«*Alloa dommo* qui!»

Alzai gli occhi al cielo esasperata all'ennesima potenza da quel comportamento, non ero sciocca, sapevo che era per via di Andrew che Olivia faceva i capricci. Era rientrato a New York con Ashley il mattino seguente alla festa di Mag e non avevo più avuto sue notizie.

Infatti, dopo che Andrew mi aveva fatto quella rivelazione, scioccante aggiungerei, gli risposi che doveva andare a casa, che avevo la necessità di pensare.

Ebbene sì, aspettavo quelle parole da anni, ma il fatto che me le avesse celate di proposito e che per di più mi avesse tenuto a distanza facendomi credere che non avevo contato nulla per lui, non era facile da perdonare.

Avevo bisogno di tempo, dovevo riflettere e lui se voleva me, doveva sistemare la sua vita. Perché in quel momento non c'erano le condizioni, fare tutto velocemente non era la scelta migliore.

Di certo non credevo tornasse a casa sua, senza avvertirmi o chiamarmi per dieci lunghi giorni, eppure quell'uomo era tutto e il contrario di tutto.

«Mamma, non ho fame!» Brontolò Olivia. «Dov'è *Andew*?»

Era la ventesima volta che mi poneva quella domanda e sinceramente non sapevo più cosa inventarmi. Dentro di me sapevo che sarebbe tornato, ma non sapevo quando e neppure come.

Aveva già cambiato idea?

Non mi voleva più?

Sarebbe rimasto con Ash?

La logica mi diceva che sarebbe tornato da noi, avremmo parlato, ci saremmo chiariti e alla fine sarei svenuta fra le sue braccia. Perché ciò che volevo era lui, era sempre stato solo Andrew e allontanarmi da lui quella sera mi aveva provocato un dolore quasi fisico. Ma razionalmente era la cosa giusta da fare, avevamo delle faccende da sistemare.

Sperai solo che nel frattempo non avesse cambiato idea, perché non ero sicura di potermi fidare al cento per cento, prima non mi amava, poi sì, poi tornava a New York senza dire niente e se non fosse stato per Mag non avrei saputo nulla.

Quindi...

Il citofono suonò e io sobbalzai sulla sedia, il mio cuore accelerò speranzoso che fosse lui, Olly non mi diede neppure il tempo di alzarmi che andò di corsa ad aprire, con la mia stessa speranza.

«Chi è?» Chiese tutta eccitata. «Oh...»

L'evidente calo di entusiasmo nella sua voce mi fece intuire che non era lui.

«Chi è Olly?»

«Zia Alys. Mamma quando viene *Andew*?»

Speravo di riuscire a evitare la risposta, ma la sua insistenza non ammetteva altri silenzi da parte mia. «Presto amore...»

«*Davveo*?»

«Te lo prometto!»

E sperai con tutto il cuore di aver ragione, perché se lui non fosse tornato probabilmente due ragazze si sarebbero ritrovate con il cuore infranto: io e la mia bambina.

«Tesoro vai pure a vedere Rapunzel.»

«Non devo *finie* la pasta?»

Scossi la testa «No amore, vai...»

Saltellò e si buttò sul divano, mentre io le accesi la televisione facendo partire il suo amato cartone animato. Sapevo che non avrei dovuto essere così indulgente, però non me la sentivo di pressarla troppo, il suo stato d'animo non era dei migliori e veder nascere quel sorriso sul suo viso mi colmò il cuore di gioia.

«Ehi!» La voce di Alyssa vibrò nel soggiorno. «Ho portato il gelato.»

«Ciao...»

Lei mi guardò sconsolata, scuotendo la testa. «Ancora nulla?»

«No.» Pronunciai lapidaria, prendendo le ciotole per il gelato.

«Lo ammazzo quel...»

«Alys!» La richiamai muovendo la testa in direzione di Olivia.

Mi prese per il gomito e mi condusse in cucina. «Come può non aver ancora chiamato?» Si lamentò Alyssa.

«Non chiederlo a me, se lo sapessi non sarei in questo stato d'incertezza! Fortunatamente domani riapro la caffetteria e avrò meno tempo per pensarci.»

«Certo è un bene.» Afferrò un grosso cucchiaio e lo infilò nel gelato cremoso, mettendoselo poi in bocca.

«Dio, ma non puoi aspettare?»

«Mm... è boono...» disse con la bocca piena.

«Ne ho già una di figlia Alys, cerca di controllarti!» Sbottai.

«Se vuoi usarmi come scarica nervi fallo pure, ma non urlare che spaventi Olly.» Mi rimproverò. «Spero vivamente che lo stronzo torni il prima possibile, sembri perennemente mestruata.»

«Scusa è che...» Mi lasciai cadere sulla sedia. «Non ce la faccio più.» Ammisi frustrata.

«Lo so! E nonostante io non lo sopporti, credo che tornerà, avrà avuto bisogno di riordinare la sua vita...» Si bloccò per mangiare un'altra cucchiaiata di gelato. «Ma se così non fosse, ti prometto che andrò di persona a New York a spelargli la pelle dal...»

«Ash!» La interruppi. «Ho capito il senso.»

«Bene! Ma Olly non lo mangia il gelato?» Domandò sorpresa.

«Guardala.»

Lei si voltò e osservò la figura della mia bambina adorabilmente addormentata sul divano.

«Però!» Esclamò. «Tre minuti fa era sveglia.»

«Ultimamente è sempre agitata per via di Andrew, gli si è affezionata molto in questi pochi giorni. «È come se sapesse che lui è...» Abbassai la voce. «Suo padre.»

Alyssa annuì. «Con voi Evans fa colpo facilmente il ragazzo.»

«Già...»

* * *

Dopo avermi aggiornato sull'ennesimo appuntamento fallito, Alys era andata all'ospedale per il turno di notte, lasciandomi nuovamente sola con i miei pensieri e soprattutto con le mie paure.

Misi a letto Olly e sobbalzai quando suonarono alla porta. Andai in soggiorno e buttai un occhio in giro per controllare se Alys avesse dimenticato il telefono o le chiavi, non era una novità, ma non vidi nulla. Aprii la porta schiantandomi contro gli occhi più belli che avessi mai visto.

«Andrew...»

Mi chiesi se non stessi avendo le allucinazioni, se l'uomo di fronte a me fosse davvero reale, oppure solo una proiezione dei miei desideri.

Perché lui era da sempre il mio desiderio più grande.

«Posso entrare?» Domandò sfoderando un sorriso mozzafiato.

«C-certo...» Balbettai.

«Olly?» Chiese guardandosi attorno.

«A letto...» Sembravo regredita all'età di quattro anni, parlavo con voce stridula e faticavo a mettere in fila più di due parole.

Era lui...

Si aggirava per il mio soggiorno come fosse il suo, lo osservai andare in cucina e prendersi del caffè, poi i miei occhi si soffermarono ad ammirare la sua figura.

Doveva essersi appena lavato, potevo percepire il profumo del suo doccia-schiuma.

«Andrew...»

Alzò un sopracciglio e mi fissò con la tazza ferma sulle labbra.

«Come mai sei qui?» Finalmente riuscii a formulare una frase di senso compiuto.

Andrew sorseggiò il caffè lentamente poi posò la tazza sul tavolino e si mise di fronte a me.

«Ti avevo detto che sarei tornato una volta che avessi sistemato le cose a New York.»

«E lo sono?» Domandai con un filo di voce.

«Se sono qui e non lì, direi di sì.» Inclinò la testa e mi guardò sicuro di sé. La sua espressione era quella di chi sa di avere la vittoria in tasca. «Tu invece, Zoe?»

«Io cosa?»

«Hai pensato a ciò che ti ho detto? Hai deciso se mi rivuoi nella tua vita?»

«Olivia... lei...»

Scattò in avanti mettendo la mano dietro la mia nuca e portando il mio sguardo a scontrarsi con il suo.

«Parleremo di Olivia, ma lo faremo dopo.» Soffiò a pochi centimetri dalle mie labbra. «Ora voglio sapere se sei ancora mia?»

Ero mai stata di qualcun altro?

«Andrew...» Le ginocchia mi tremarono. «Dobbiamo parlare prima...»

«Oh no, piccola, avremo tutta la vita per parlare.»

Tutta la vita? L'avremmo avuta veramente? O sarebbe fuggito da me di nuovo, accampando una qualche scusa?

«Andrew, tu mi hai lasciata!» Dissi staccandomi da lui. La sua vicinanza non mi faceva mai ragionare con chiarezza.

«Non avrei voluto farlo...»

«Eppure è stato così semplice per te, lasciarmi e voltare pagina. Tornare alla tua vita a New York.» La fitta al cuore al ricordo delle notti insonni mi tolse il fiato. «Ti sei fidanzato con un'altra! Come posso cancellarlo?»

Mi lasciai andare sul divano, Andrew s'inginocchiò di fronte a me e mi prese per mano.

«Non c'è stato giorno in cui non abbia pensato a te...» i suoi occhi erano lucidi. «Non c'è stata notte in cui non abbia desiderato il tuo corpo caldo accanto al mio.»

«Sono sempre stata qui, perché non sei venuto prima... perché ora? Cosa c'è di diverso?»

«Io...» Disse risoluto. «Io non sono come mio padre, e tu non sei mia madre. Non potrei mai farti quello che lui ha fatto a lei. Non potrei vivere senza di te...» Allungò un mano per accarezzarmi la guancia. «Quattro anni fa, quando ti ho detto che avevo finito il mio lavoro qui, mentivo.»

«Mentivi?»

Annuì. «Sarei dovuto rimanere ancora sei mesi, ma quando quello che provavo per te stava diventato ingestibile, ho preferito andarmene, convinto che tu mi avresti dimenticato.»

«Come hai potuto pensare una cosa del genere?»

«Eravamo giovani e ho creduto fosse meglio così.»

Lo fissavo sbigottita, perché sapere che avevamo perso quattro anni e solo per le sue insicurezze, era una stilettata al cuore.

«Avresti dovuto essere sincero.»

Alzò il sopracciglio. «Zoe... anche tu non mi hai mai palesato i tuoi sentimenti, a dire il vero ancora adesso non so cosa provi per me. E non dimenticare che mi hai nascosto Olivia!»

175

«Non te l'ho nascosta... ho solo "omesso" che fossi incinta.» Cercai di giustificare l'ingiustificabile.

«Questo significa che entrambi abbiamo sbagliato... ma ora...»

«Ora?»

«Possiamo recuperare tutto il tempo perduto, voltare pagina.»

Le sue labbra si avvicinarono piano alla mia bocca e, d'istinto chiusi gli occhi, in attesa di un bacio che però non arrivò.

Riaprii le palpebre di scatto e mi trovai davanti al ghigno di Andrew.

«Non ti bacerò finché non mi dirai ciò che voglio sentirmi dire, piccola.» Il suo alito era caldo e profumava di mentolo.

«Cosa dovrei dirti?» Chiesi con voce tremante.

«Lo sai...»

Lo sapevo? Certo che sì...

«Ti amo...»

Il suo ghigno si trasformò in un radioso sorriso e un attimo prima di avventarsi sulle mie labbra mi rispose di rimando.

«Io di più»

* * *

Il bacio si era fatto subito caldo ed esigente, la voglia repressa che avevamo entrambi era talmente forte che ci trovammo avvinghiati sul divano, come se non ci fosse un domani.

Le sue mani si muovevano sul mio corpo, vagando senza tralasciare neppure un centimetro della mia pelle.

Indossavo degli short e una canottiera di Victoria Secret, questo gli facilitava l'accesso alle mie parti più intime e quando finalmente sentii il suo tocco sui capezzoli, ansimai.

«Olivia dorme?»

«Sì...» Cercai di riprendere il controllo della mia mente. Non potevamo farlo lì, Olly si sarebbe potuta svegliare. «Andrew... Non...»

«Non pensarci piccola» sussurrò, strusciandosi contro di me. «Non posso più aspettare Zoe...» Sentii tutta la sua eccitazione poggiarsi sulla mia coscia. «Devo affondare subito dentro di te... lo capisci? Ne va della mia sanità mentale...»

Ridacchiai capendo perfettamente ciò che lui stava dicendo, era quello che provavo anch'io.

«Solo non qui... andiamo in camera mia.»

Lui si alzò e sorridendo mi prese in braccio. Mi tenni forte al suo collo e con le gambe gli cinsi la vita, il tessuto leggero dei mie short consentì che la sua eccitazione pulsasse contro il mio pube.

Dio si poteva desiderare tanto qualcuno?

Camminava e mi baciava.

Mi baciava e camminava.

Le sue mani arpionate ai miei glutei.

«Dov'è?» Sussurrò sulle mie labbra.

«A destra... la porta di... destra...»

Fortunatamente era aperta, superò la soglia facilmente e con altrettanta facilità se la richiuse alle spalle.

Non ci furono convenevoli o delicatezze, mi scaraventò sul materasso e si liberò di ogni suo indumento, per poi tuffarsi su di me e strapparmi i vestiti di dosso.

Quello che accadde dopo fu assolutamente sconvolgente e lasciò entrambi senza fiato. Sentirlo nuovamente dentro di me, farmi prendere come solo lui sapeva fare e lasciargli il totale controllo sul mio corpo... Mi era mancato in maniera indescrivibile.

Avevo vissuto privata di un organo vitale per quattro lunghi anni. Quando se n'era andato via, si era portato con sé il mio cuore.

«Piccola... Dio...» Ansimò spostandosi da sopra di me e attirandomi a sé. «Mi sei mancata così tanto»

Lo abbracciai e mi lasciai cullare dal suo torace che andava su e giù, chiusi gli occhi e mi persi ad ascoltare il battito accelerato del suo cuore.

«Zoe?»

Mugugnai qualcosa, che neppure io compresi bene.

«Devo sapere una cosa...» Qualcosa nell'inclinazione della sua voce, mi fece capire che era una domanda scomoda. «Sei stata con molti uomini?»

Alzai il viso per guardarlo negli occhi, ma lui aveva lo sguardo rivolto al soffitto e il braccio libero appoggiato sulla fronte.

«Andrew, non mi sembra davvero il momento questo...»

Senza neppure accorgermene me lo ritrovai ancora sopra, nudo e bellissimo. Le sue mani bloccavano i miei polsi sopra la testa. E i suoi occhi mi stavano bruciando l'anima.

«Devo saperlo Zoe... tu hai detto...»

Lo interruppi. «Uno... solo uno.»

L'azzurro delle sue iridi si fece tormentato. «È uno in più di quello che avrei voluto...»

«Andrew...»

Con un colpo secco entrò in me, facendomi ansimare. «Tu sei mia, piccola...» I suoi movimenti decisi mi mozzarono il fiato, non dandomi la possibilità di controbattere. Buttai la testa all'indietro e aprii di più le gambe, per sentirlo tutto .

«Sei solo mia...» Avendo libero accesso al mio collo prese a morsicarlo. «Dillo Zoe!»

«Cosa?» Chiesi ansimando.

«Di chi sei, piccola?»

«Tua... io sono tua...» Ansimai più forte. «Sono tua amore.»

15

Le prime luci dell'alba fecero capolino da sotto le tende, mi ero scordata di chiudere le imposte troppo presa dagli eventi della sera precedente.

Allungai il braccio verso destra, ma trovai il letto freddo e vuoto. Mi tirai su di scatto, spaventata che Andrew mi avesse lasciato nuovamente sola. Buttai un occhio all'orologio, mancavano dieci minuti alle sei, e lui non c'era.

Poi però, vidi un piccolo biglietto poggiato sul cuscino.

Buongiorno piccola,
dormivi così bene che non me la sono sentita di svegliarti.

Non sono fuggito, so che è stato il tuo primo pensiero, semplicemente non credevo opportuno che Olivia ci trovasse insieme.

Sappi che dovremo parlarle il prima possibile, perché non tollererò più di svegliarmi senza di te e che i miei occhi non siano la prima cosa che tu veda al mattino.

Alloggio al solito posto.
Prenditi la serata libera, dobbiamo parlare.
E nel tuo primo giorno di lavoro, ricorda che...
Ti amo.
Tuo Andrew

Rigirai il biglietto fra le mani per molti minuti, un sorriso ebete dipinto sulla faccia e il cuore finalmente colmo di felicità.

Mi amava.

Ed era mio.

Aveva ragione, dovevamo parlare ad Olivia il prima possibile. Non avrei perso più neanche un giorno, volevo iniziare al più presto la mia nuova vita. Con la mia bambina e l'uomo della mia vita.

Quella sera lo avrei raggiunto dopo il lavoro e avremmo preso tutte le decisioni importanti. E lo avremmo fatto insieme.

Con la testa fra le nuvole e un sorriso che non riuscivo a spegnere svegliai Olivia e la preparai per andare all'asilo.

Non mi sentivo con l'umore alle stelle in quel modo da tantissimo tempo, nessuna ombra era in agguato pronta a sopraffare la mia gioia e ciò era bellissimo. Finalmente potevo abbassare la guardia perché non c'era più alcun dispiacere pronto ad attaccarmi.

Una volta in strada e con la mano di Olivia nella mia mentre lei saltellava ignara di tutto, mi chiesi come avrebbe reagito alla notizia che finalmente il suo papà era ritornato dal suo "lavoro".

Le poche volte che mi aveva fatto delle domande su di lui mi si era infranto il cuore a leggere nei suoi occhi quella ingenuità di chi non sa, di chi non immagina ancora che risvolti poco piacevoli possa rifilare la vita.

Nelle mie bugie c'era solo la speranza che un giorno anche lei avesse potuto ritrovare o avere un papà come dovrebbe essere per ogni bambino esistente.

Olivia non sembrava che ne soffrisse tanto, ma non ne potevo essere certa. A ogni modo era tutto finito, presto le cose sarebbero cambiate.

Sorrisi mentre le baciavo la guancia. «Tesoro, fai la brava e mi raccomando comportati bene, intesi?»

«Certo, mammina.» Sorrise con quegli occhi vispi e birichini mentre correva verso l'entrata dell'asilo con lo zainetto che dondolava sulla sua schiena.

* * *

Avevo appena infornato due teglie di muffin e il tempo sembrava non trascorrere mai. Quando sarebbe arrivata la sera?

Ripulii i ripiani da lavoro e misi un po' d'ordine, poi lasciai il laboratorio e andai a riempire la vetrina dei dolci.

Fu proprio in quel momento che entrò Mag.

«Ciao, bambina!»

«Ciao Mag!» La salutai felice.

«Che cos'è quel sorriso?» Mi chiese avvicinandosi. «Mi sono persa qualcosa?»

«Forse...»

«Ehi, tu sputa il rospo, lo sai che potrei morire dalla curiosità!» Si mise le mani sui fianchi battendo il piede a terra con impazienza. «Si tratta di Andrew, vero?»

«Esatto!» Esclamai allegra.

Sul volto di Mag passò un'ombra che mi sorprese. «Che c'è, Mag?»

«Niente, bambina, non ci fare caso»

«Ci ho fatto caso, invece. Sputa il rospo tu, stavolta!» La ammonii.

«Niente, lo sai che sono apprensiva. Tutto qui. Sono felice per te, sul serio e sono contenta che quell'uomo sia ritornato sui suoi passi, ma il ricordo della tua sofferenza in tutti questi anni è ancora vivido in me.»

Feci il giro del bancone e andai ad abbracciarla con affetto. «Lo so, ma Andrew non mi farà più soffrire, mi ha spiegato tutto ed io mi fido di lui. »

«Lo spero per lui perché al primo sgarro ci penserò io e non sarò così delicata!» Minacciò aspra.

Scoppiai a ridere. «Non farai nulla del genere!»

«Sì, invece e le minacce partiranno da subito, vedrai!»

«Ehi, Mag, ci siamo appena rappacificati... Vuoi che scappi di nuovo?»

«Non scapperà, a meno che non sia una sporca donnicciola. Comunque...sono felice per voi.»

«Menomale, iniziavo a credere il contrario.»

Lei rise e mi pizzicò le guance. «Non vedo l'ora di dare il benvenuto in famiglia al tuo vecchio-nuovo, uomo! Ne vedremo delle belle!» Disse con gli occhi pieni di ilarità.

Povero Andrew... lo avrebbe torturato!

Poi la guardai seriamente e feci la domanda che mi frullava in testa da quando l'avevo vista entrare.

«Ashley... come sta?»

Mag tirò un sorriso un po' forzato. «Andrew non ti ha detto nulla?»

«No, non ne abbiamo ancora parlato.»

«Capisco.» Si mosse nervosa sulla sedia. «Forse è il caso che sia lui a raccontarti tutto.»

«Mag...» Cercai di protestare.

«Davvero bambina, lui ti spiegherà.»

Per la prima volta Mag era reticente a parlarmi di qualcosa, immaginai che probabilmente il motivo doveva essere serio. Lasciai cadere il discorso, chiedendole quando avrebbe utilizzato il mio regalo.

* * *

Avevo lasciato Olivia a casa di Alys e stavo raggiungendo l'hotel di Andrew. Mi ero vestita carina, cambiandomi almeno dieci volte, come se quello con Andrew fosse il nostro primo appuntamento.

Non lo era, questo era certo, però forse era la serata più importante per noi. Avremmo parlato di noi, del nostro futuro e di come dire la verità a Olly.

Ero così felice mentre oltrepassai le porte girevoli del Mandarin Hotel, percepii la gioia invadere il mio corpo e sentii il cuore scoppiarmi nel petto quando lo vidi seduto al bar, con le gambe accavallate e gli occhi che sorridevano.

Ma poi feci un passo in avanti e vidi la sagoma della persona che stava seduta di fronte ad Andrew. E tutte quelle sensazioni positive vennero dilaniate dall'immagine di lui che teneva dolcemente per mano una ragazza bionda.

Dovetti reggermi al muro quando riconobbi la persona che quattro anni prima camminava amabilmente con il *mio* Andrew per le strade di San Francisco.

Avevano la stessa confidenza di allora.

Lui la guardava con la stessa dolcezza che usò quella sera.

Lei gli sorrise come si fa a qualcuno a cui vuoi davvero bene.

La ragazza si mosse appena e io potei vedere quello che mi era celato.

Il pancione di una gravidanza avanzata.

Il cuore accelerò, il fiato venne meno e la mia mente venne avvolta dal buio più totale.

16
Andrew

Il rumore di un tonfo mi distolse dalle parole di Kristen, posai lo sguardo verso l'entrata del bar e vidi un paio di persone che prestavano soccorso al corpo di una ragazza. Osservai la figura della giovane donna e mi alzai di scatto dalla sedia facendola cadere al suolo, l'avrei riconosciuta ovunque.

Era lei.

Era Zoe.

«Andrew...» La voce di Kristen mi chiamava, ma io mi precipitai da Zoe.

Appena le fui vicino mi piegai accarezzandole il volto.

«Cos'è successo?» Domandai preoccupato all'uomo che l'aveva soccorsa per primo.

«Dev'essere svenuta.» Affermò. «Un attimo prima era in piedi e quello dopo... boom... per terra.»

Boom?

«Ehi, piccola...» Le sussurrai piano.

Vidi le sue palpebre aprirsi lentamente mentre la sua bocca emise un piccolo gemito.

«Andrew?» Chiese con voce tremante, cercando di rialzarsi.

«Sta giù Zoe.» La bloccai a terra. «Come ti senti?»

Degluti a fatica e poi puntò i suoi bellissimi occhi nei miei. «Sto bene...»

«È il caso che ti porti al pronto soccorso.» Le dissi.

Zoe scosse il capo. «Non ce n'è bisogno, sto bene...» Si puntellò sui gomiti. «Anzi ora è meglio che io vada a casa.»

La guardai scioccato, sbarrando gli occhi. «A casa? Tu non vai da nessuna parte.»

«Sarai tu ad impedirmelo Andrew?» Chiese in tono velenoso.

«Zoe, sei appena svenuta. Ti porto in stanza...»

«Non ci vengo nella tua dannata camera.» Sibilò piano in modo che solo io potessi sentire.

«Piccola cosa c'è?»

La vidi voltarsi in direzione di Kristen, serrò gli occhi e fece per rialzarsi. «Me ne devo andare…»

«Piccola...» Cercai di calmarla.

«Chiami così anche lei?» Sbottò.

Mi staccai da lei allucinato, di cosa diamine stavamo parlando? A chi si riferiva?

«Andy tutto bene?» Mi domandò Kristen.

E in quell'esatto momento capii tutto.

Zoe ancora a terra stava fulminando Kristen, la quale guardava la scena preoccupata.

Scoppiai a ridere beccandomi un'occhiataccia da parte di Zoe, che aveva riacquistato colore. «Piccola non sai davvero di che parli, andiamo su che ti spiego.»

Le due si guardarono per un secondo e Kristen intuì quale fosse la situazione. Si abbassò anche lei facendo attenzione al suo pancione e porse la mano a Zoe.

«Ciao, tu devi essere Zoe.» Sorrise gentile. «Io sono Kristen, la cognata di Andrew.»

Zoe scrutò prima me e poi Kris. «È meglio se saliamo Andrew.» Disse timidamente, capendo che quello che il suo cervello aveva elaborato era solo un enorme fraintendimento.

«Io vado Andy, ci sentiamo domani.» Poi si rivolse a Zoe. «È stato un piacere, spero di vederti presto, magari per un pranzo.»

Zoe annuì soltanto non riuscendo a parlare, le guance le si erano arrossate, segno che si sentiva in imbarazzo, ma anche che stava meglio.

Dio, era adorabile.

Le porsi la mano per aiutarla a tirarsi su, tenendola stretta a me e la sorressi mentre gentilmente ringraziavo i due uomini che si erano presi cura di lei. In silenzio c'incamminammo verso l'ascensore che era già disponibile al piano. Sentivo il battito accelerato del suo cuore, il calore della sua pelle, il profumo dei suoi capelli… Non riuscivo mai a tenere a bada il mio desiderio nei suoi confronti.

Era stato così dalla prima volta che avevo posato i miei occhi sulla sua figura.

Lei era così inconsapevole di quanto i suoi modi facessero impazzire gli uomini. Non si accorgeva dell'effetto che aveva su di loro, di come tutti pendevano da quelle splendide labbra rosa.

Di come io ero stato perduto dal primo istante.

Le porte dell'ascensore si aprirono e io la sorressi fino alla Suite, sembrava così fragile e indifesa tra le mie braccia, ma io che avevo imparato a conoscerla, sapevo che non era così. Dietro quella sua delicatezza si nascondeva una guerriera, una strepitosa donna che era riuscita a cavarsela nonostante tutto.

Sempre in silenzio la feci accomodare sul divano color panna al centro del salone, mi recai nell'angolo bar e versai dell'acqua in un calice.

«Bevi.» Le dissi porgendole il bicchiere e appoggiandomi con la schiena alla colonna di marmo. «Cos'è successo di sotto?» Le chiesi scrutandola.

«Credo di aver avuto un attacco di panico.» Asserì asciutta.

«Ti capita spesso?»

«Ogni tanto... soprattutto se sono sotto stress.» Bevve ancora una sorsata d'acqua. La mano che teneva il bicchiere tremava visibilmente. E io mi sentii un essere piccolo e insignificante. Quante poche cose sapevo di lei, ero rimasto all'oscuro della sua vita per salvaguardarla e invece...

«Sei svenuta.» Osservai ovvio. «Questo non accade di solito con un attacco di panico.»

«E tu che ne sai?»

«Mia madre, ne soffriva anche lei.» Risposi, cercando di tenere il suono della mia voce pacato. Anche se mi riusciva difficile.

«Già scusa... io...» Parve in difficoltà.

«Zoe non mi devi chiedere scusa, devi dirmi perché hai avuto un attacco tanto forte. Perché sei stata così male?»

Prese un profondo respiro, posando il bicchiere sul comodino e lasciandosi andare sul divano.

«Per lei...» Sussurrò piano.

«Con lei intendi Kristen?»

Annuì.

«Stavamo solo parlando, perché una reazione tanto eccessiva?»

Iniziò a giocherellare con le mani, non alzando mai lo sguardo verso di me. Mentre io anelavo solo ed esclusivamente di tuffarmi in quelle iridi calde come il caramello.

«Quattro anni fa...» Si bloccò e serrò le palpebre, rimanendo in silenzio qualche secondo prima di riprendere a parlare. «Quattro anni fa ero uscita dalla videoteca... quella dove siamo andati con Olly.»

Annuii facendole segno di continuare.

«Avevo deciso di allungare la strada, non avevo fretta di rientrare a casa. Be', dopo qualche metro ti ho visto...» Le tremò la voce. «Vi ho visti, tu e Kristen.»

«Piccola, è mia cognata ed è mia amica da quando siamo piccoli.»

«Cosa fa qui?» Mi chiese alzando gli occhi e puntandomeli addosso. «Perché è qui e non a New York? Perché la tocchi come se fosse...»

«Una sorella.» La interruppi. «La tocco come se fosse una sorella, ed è qui per conoscere te e Olivia. Quello che porta in grembo è mio nipote.» Le spiegai rimanendo sempre a distanza.

«Ora lo so, ma quando vi ho visti insieme, mi è crollato il mondo addosso. Come era accaduto quattro anni fa.»

«Ma stavamo solo passeggiando, era venuta qui perché aveva dei problemi con mio fratello...»

Zoe scrollò la testa. «Non capisci, tu e lei stavate camminando in mezzo alla gente. Noi non avevamo mai avuto un momento così, mai. Poi vi siete fermati e le hai posato una mano sulla guancia... ora che so la verità, è una cosa insignificante, ma per una donna perdutamente innamorata è stato come se qualcuno le strappasse il cuore e lo calpestasse: una, due, tre volte... all'infinito.»

In quel momento mi resi conto di quanto l'avessi fatta soffrire, assurdo se si pensa che l'avevo tenuta a distanza solo per proteggerla. Un idiota di proporzioni bibliche, un pazzo che aveva rischiato di perdere la sua luce. E per la seconda volta in due giorni, m'inginocchiai appoggiandomi alle sue gambe.

«Zoe, amore mio, perdonami…»

Lei tirò un sorriso triste. «È passato, no?»

«Certo, se solo potessi tornare indietro…» Le baciai le ginocchia lasciate scoperte dalla gonna. La sua pelle era così setosa e vellutata, ogni volta era come mangiare un dolcetto delicato. «Non ti farei più soffrire, non…»

Le mani di Zoe mi afferrarono il viso e si piegò in avanti. «Sai di cosa ho bisogno ora?»

«No…»

«Di te dentro di me…» Si chinò di più per posare le sue morbide labbra sulle mia.

Con uno strattone la feci cadere sopra di me e come ogni volta persi il controllo.

«Dio sei così bella…»

«Shh… non parliamo ora… parleremo dopo.»

Si mise a cavalcioni su di me e lentamente sfilò la stretta canottiera che le aderiva perfettamente. La mia mano presa da una volontà propria si allungò per accarezzarle il capezzolo duro.

Si leccò le labbra, sorridendo lasciva.

Adoravo quando era lei a prendere l'iniziativa.

Le sue mani scivolarono fino alla cinta dei miei pantaloni, slacciandoli. Senza dire una parola, ma fissandomi negli occhi senza mai abbassare lo sguardo, afferrò il mio membro facendomi gemere. Si alzò sulle ginocchia e con la mano libera scostò i suoi slip e senza nessun tipo di preliminare, scivolò piano su di me.

Le arpionai i fianchi aiutandola a prendere il giusto ritmo, come se ne avesse bisogno, come se lei non conoscesse esattamente il modo per farmi impazzire.

Buttò la testa all'indietro e io mi tirai su per prenderle in bocca quelle gemme rosa.

Iniziò a gemere più forte aggrappandosi alle mie spalle.

«Oh sì... sì...» Pronunciai senza controllo, ormai preso in maniera assoluta da quella che era a tutti gli effetti la mia donna. «Cazzo, piccola ci sono... Dio...»

Quando sentii le sue pareti contrarsi potei finalmente lasciarmi andare all'orgasmo travolgente, come ogni volta che facevo l'amore con lei.

Crollai all'indietro, ringraziando in cielo per essere su un tappeto morbido, e feci appoggiare la mia piccola Zoe su di me.

Le baciai la testa e ascoltai con attenzione il suo respiro pesante tornare al suo ritmo normale. Il suo corpo era caldo e umido.

E io avevo ancora voglia di lei.

«Ti amo Andrew...» La sua voce era cristallina.

«Anch'io piccola, anch'io.» Le accarezzai la schiena. «Mi spiace che tu abbia frainteso prima.»

«Ho solo avuto paura di risvegliarmi dal sogno...»

«Dal sogno?» Le chiesi curioso.

«Sì, Dio sembra una cosa patetica detta così, ma sognavo di poter riavere una famiglia. Una che fosse solo mia...»

«Tu hai una famiglia.»

La sentii sorridere sulla mia pelle. «Ora sì!»

* * *

Riaverla tra le mie braccia, poterla stringere senza doversi trattenere, senza mentire. Trasmetterle quello che veramente provavo per lei, poterla amare a 360°. Era la cosa più straordinaria del mondo.

Ad essere sinceri, lo facevo anche quattro anni prima, ma solo quando ero dentro di lei. Quello era il momento in cui mi lasciavo andare totalmente, se le azioni di allora avessero avuto voce, Zoe avrebbe sentito urlare ogni mia cellula.

Ognuna di loro avrebbe urlato a squarciagola: «Ti amiamo…ti apparteniamo…»

Ridacchiai tra me e me e Zoe alzò piano la testa per guardarlo negli occhi.

«Cosa ti fa ridere?»

Scossi la testa. «Niente piccola, niente…»

«Non vuoi far ridere anche me?»

«Forse un'altra volta…»

Mi baciò il petto delicatamente, poi sospirò. «Parliamo Andrew?»

«Ora?» Le domandai sorpreso.

«Sì, ora.» Era dannatamente seria. «Parliamo ora, e poi lasciamoci tutto alla spalle.»

Le accarezzai la schiena nuda, percependo la sua ansia. «Chiedimi tutto quello che vuoi Zoe, ma solo per stanotte.»

Si mise a sedere cercando di coprire la sua nudità con il lenzuolo. «Se mi amavi quattro anni fa, come hai fatto a trattarmi in quel modo? Ad andartene senza più tornare indietro?»

Mi tirai su anch'io, appoggiando la schiena alla spalliera morbida del letto. «Ti ho solo fatto credere di aver capito tutto di me, se fossi stata attenta avresti intuito, non sono sempre stato… attento…» Le feci l'occhiolino e le sue labbra si tirarono in un sorriso.

«Come mai quella sera eri con tua cognata?» Domandò incerta.

«Parli sempre di quattro anni fa?»

«Sì.»

Incrociai le braccia al petto. «Io e Kris ci conosciamo da sempre, è la mia più cara amica. E sono stato io a presentarla a mio fratello.» Allungai il braccio per afferrare la bottiglietta d'acqua che tenevo sempre sul comodino e ne bevvi una sorsata per idratare la gola arsa. «Quella sera era venuta qui da New York perché aveva scoperto che mio fratello la tradiva.» Asserii serio.

«Oh…» Fu tutto ciò che uscì dalla bocca di lei.

«Come puoi immaginare era a pezzi, e incinta!»

«Incinta?» Il suo viso era una maschera di sorpresa e di disgusto, la stessa che feci io quando Kristen mi raccontò i dettagli. «Già, mio fratello assomigliava molto a mio padre…» Ammisi.

«Anche tu pensavi di assomigliare a lui.» Mi fece notare ovvia.

«Sì e l'ho creduto fino a quando non sei rientrata nella mia vita.»

Mi guardò confusa, sapevo che avrebbe indagato di più sulle mie parole, ma mi chiese di raccontarle come andarono le cose tra mia cognata e suo marito. Mio fratello.

«È stata qui con me per due settimane, aveva bisogno di staccare e di riflettere.»

«Per questo motivo ci siamo visti poco in quel periodo. Io credevo…»

«Che stessi frequentando un'altra.» Conclusi per lei, vedendo passare un lampo di dolore nei suoi occhi. «Mi dispiace…»

Zoe fece spallucce e mi disse di proseguire.

«La gravidanza è stato il motivo principale per il quale Kristen non ha mandato all'aria il fidanzamento. Ha deciso d'immolarsi nella causa.» Dissi beffardo.

«Be' vedendo il pancione le cose sono migliorate, no?»

Ghignai. «Oh no, mio fratello è ancora un grandissimo bastardo. Ma lei lo ama.»

Sbarrò gli occhi. «La tradisce ancora?»

«Già!» Passai la mano tra i capelli, parlare di lui o di mio padre mi faceva sempre innervosire. «Per lo meno è un po' più discreto di nostro padre.»

«Oddio!» Esclamò allungando una mano per accarezzare la mia gamba. «Ecco perché pensavi che fosse una cosa genetica, perché tuo fratello è come lui.» Osservò, guardandomi con quei due occhioni dolci.

«Be', ad essere sincero anche io mi sono sempre comportato così. Ho avuto una fidanzata al College e non le sono mai stato molto fedele. E anche con Ashley…» Mi si bloccarono le parole in gola quando mi resi conto di averla nominata. Zoe, però, continuò a guardarmi dolcemente.

Era così calma e tranquilla, non l'avevo mai vista tanto rilassata.

«Prima di parlare del presente e quindi di Ash, dimmi… Quando io e te ci frequentavamo tu vedevi altre donne?» La voce le tremò appena.

«No.» Dissi di getto. E in quell'esatto momento mi resi conto che ero stato fedele all'unica ragazza a cui non avevo promesso di farlo, alla sola che avessi mai amato.

«Bene!» Affermò con un sorriso radioso. «Quindi hai tradito tutte le tue fidanzate, ma non me che ero…»

Mi avventai su di lei, tappandole la bocca con un bacio famelico. Non volevo sentire ciò che stava per pronunciare, il solo pensiero che lei avesse creduto di contare così poco per me, mi faceva salire il sangue al cervello. «Sono stato fedele all'unica donna che abbia mai amato.» Le alitai sulle labbra.

«Andrew…»

Fu lei a baciarmi di nuovo, ma questo era un bacio lento, dolce, che racchiudeva tutto quello che Zoe provava per me.

«Ora lo so.» Disse facendomi staccare da lei. «Continuiamo a parlare.»

«Dobbiamo davvero?» Protestai, morsicandole l'interno coscia.

Lei gemette per il dolore, ma non solo…

«Prima finiremo di parlare e prima potremo… smettere di parlare.» Ammiccò maliziosa.

Alzai le mani in segno di resa. «Sei tu il capo, Zoe!»

«Quindi mi sei rimasto fedele, nonostante non fossimo una coppia.» Lo stava dicendo più a se stessa che a me. «Invece con le altre, ti sei sempre comportato… male?»

«Già. Non sono mai stato un bravo ragazzo.» Ammisi, ricordando com'era concitata la mia vita quando lei non era al mio fianco.

«Lo immaginavo, ricordo ancora la tua strana presentazione.» Rise. «Nessuno era mai stato tanto sfacciato.»

«Direi onesto più che sfacciato, volevo davvero assaggiarti…»

Le sue guance s'imporporarono. «Oh, lo hai fatto… parecchie volte.»

Passai il pollice sul mio labbro inferiore, abbassando lo sguardo verso le sue gambe nude. «Ora non ti assaggerei…» Dissi con voce roca.

«No?» Chiese con il petto che le si alzava velocemente.

«No, ti divorerei!»

«Andrew!» Chiosò visibilmente eccitata. «Non ora.»

Dio se era sexy.

I capelli scuri le ricadevano morbidi sulle spalle, i suoi occhi erano lucidi e la sua pelle abbronzata era lasciata quasi del tutto scoperta dal lenzuolo. Zoe non era una bellezza procace, le sue forme non erano prosperose. Il suo fisico era minuto, le gambe toniche, i seni piccoli e sodi. I fianchi…

quelli si erano leggermente allargati. Probabilmente nessuno se ne sarebbe reso conto, ma io sì, conoscevo quel corpo a memoria e avrei notato ogni suo minimo mutamento.

«Mi stai ascoltando?» Domandò guardandomi seria.

«No, scusa. Cosa mi hai chiesto?»

«Ti ho domandato di Ash.»

Quello era un argomento che m'infastidiva, ma sapevo che avremmo dovuto affrontarlo, avrei raccontato quello che dovevo e poi ci saremo buttati tutto alle spalle.

«Parto dall'inizio, ok?»

Annuì e io cominciai a spiegare.

«Io e Ashley ci siamo incontrati pochi mesi dopo che ero rientrato a New York. Un mio amico aveva organizzato una festa nella sua villa degli Hampton. C'erano tutte le persone che contavano in città e parecchie modelle, tra cui Ash.»

Si era messa a pancia in giù, con il mento sorretto dalle sue mani. E i suoi occhi prestavano la massima attenzione a me, come stavano certamente facendo anche le sue orecchie.

«Be', è venuta lei da me. Io ero ancora un po' sconvolto dalla mia fuga da te e non ha impiegato molto tempo a entrare nelle mie grazie.»

Zoe fece una smorfia con la bocca. «Per entrare nelle tue grazie, intendi nel tuo letto.»

«Sì.» Non era piacevole doverle raccontarle quelle cose. «Abbiamo iniziato a frequentarci e lei era perfetta.»

«Perfetta?» Chiese disgustata.

Non avevo usato le parole giuste per spiegare il concetto. «Perfetta per quello di cui pensavo di aver bisogno. Una donna a cui importasse solo di se stessa, che fosse materiale e che se ne fregasse della vita che conducevo.»

«E che vita conducevi esattamente, Andrew?»

Il tono con cui pronunciò il mio nome mi mise i brividi, ma le dovevo onestà. «Puoi immaginarlo.» Osservai. «Le donne mi sono sempre piaciute e Ash non ne faceva un dramma se io m'intrattenevo con altre. L'unica cosa che pretendeva era discrezione e bei vestiti.»

«È davvero triste...»

Aveva ragione, lo era, ma per come vedevo la vita prima, quella era la soluzione migliore. Ashley non sarebbe andata in pezzi com'era accaduto a mia madre e se un giorno ci fossimo lasciati io non ne avrei minimamente sofferto.

«Sì, lo era.»

«L'amavi?» Sussurrò quella domanda pianissimo, ma la sentii ugualmente.

«La risposta la conosci.»

«Le hai chiesto di passare tutta la vita con te. L'amavi?» Insistette Zoe, con un tono che non ammetteva repliche.

«No.» Risposi infine. «Non l'ho mai amata. Era solo la scelta più giusta.»

«Suona quasi come un contratto di lavoro.»

«In un certo senso lo era. Erano le cose che entrambi volevamo o almeno, era ciò che credevo.»

I suoi occhi parvero confusi. «Credevi?»

«Le cose per Ash non erano proprio così.» M'irrigidii sapendo che stavo per dire una verità spaventosa.

«Lei ti amava?»

«No, lei non mi ha mai amato.» E di quello ero grato.

«E allora cosa...»

Non la feci proseguire e le spiegai quello di cui ero venuto a conoscenza una volta che avevo riportato Ash a New York.

«Non è stato un caso che le nostre strade si sono incrociate. Lei voleva me, e nessun altro. Io non me ne sono mai accorto, probabilmente non ho mai voluto vedere. Per me lei era una ragazza di bell'aspetto, perfetta nel ruolo di fidanzata.» Mi fermai un secondo per bere ancora dell'acqua. «Lei voleva me, per ferire te.» Pronunciai infine.

Il viso di Zoe parve dispiaciuto ma non sorpreso e tornò in posizione seduta. «Lo avevo immaginato, avevo intuito ci fosse altro. Solo non capisco come ha fatto a sapere di noi, io non le ho mai parlato...»

«Ashley sapeva di noi, ci aveva visto. E quando ha saputo che ero tornato a New York, ha fatto di tutto per conoscermi. Voleva ottenere ciò che tu non eri riuscita ad avere e sbattertelo in faccia.»

«Come poteva sapere che ti amavo?»

«Mi ha confessato di aver origliato una conversazione tra te e Mag.»

Si portò le mani alla bocca. «Mi odia... lo ha sempre fatto, ma non pensavo sarebbe arrivata a tanto! È sempre stato complicato tra di noi e l'incidente dei nostri genitori ha peggiorato una situazione già di per sé difficile. Credo che inconsciamente incolpi la mia famiglia per quello che è accaduto. Se suo padre non avesse dovuto accompagnare mia madre, lei non lo avrebbe perso.» Esclamò esausta.

«È malata.»

«Come?» Domandò scioccata.

«Quando siamo arrivati a New York e le ho detto che sarei ritornato a San Francisco da te è esplosa e io ho rivisto mia madre in lei, così l'ho fatta visitare. È malata»

«Oh, Andrew.»

Dovetti alzarmi, il mio cuore era stretto in una morsa. «Buffo vero, sono andato via dall'unica donna che amavo per paura di infettarla e mi sono portato nel letto una ragazza già infetta.» Poggiai le mani al davanzale e fissai l'oceano.

Ascoltai il fruscio delle lenzuola e il rumore dei piedi nudi di Zoe che si muovevano lenti sul pavimento.

«Andrew, non è colpa tua.» Sussurrò abbracciandomi da dietro.

«Forse no, ma avrei dovuto capire che lei era…»

«Malata.» Disse Zoe al mio posto. «E lo era già prima di conoscerti. Siamo stati noi a non accorgerci che in lei c'era qualcosa che non andava. Eravamo troppo impegnati a gestire il nostro dolore per poter prenderci carico anche di quello di un'altra persona. Dio, ora mi sento così in colpa per averla trattata in quel modo.»

Afferrai la sua mano e godetti il contatto della sua pelle nuda sulla mia.

«Non devi Zoe, non è colpa tua. È solo malata e in accordo con sua madre, abbiamo fatto ricoverare Ash in una clinica psichiatrica nel Queens.» La informai.

«Ecco perché Mag era strana, lei lo sapeva.»

«Sì, ma ho preferito essere io a dirti quello che è successo.»

Respirò profondamente. «Guarirà?»

«I dottori non si esprimono. Devo dirti un'ultima cosa riguardo ad Ash.» Mi resi conto che stava trattenendo il fiato. «Non è nulla di cui ti devi preoccupare. Ho solo creduto opportuno di dovermi prendere carico delle sue cure mediche.»

«Pagherai tu?»

«Sì.»

«Be' è la cosa giusta. Merita di essere salvata da se stessa…»

Mi voltai per poterla guardare negli occhi. «Ti amo Zoe.»

«Non abbiamo finito di parlare, ragazzo!» Sorrise mettendosi sulle punte. «Ma adesso ho fame.» Morsicò il mio labbro inferiore per poi scivolar via dalla mia stretta e sculettare verso il bagno.

Dio quella ragazza mi avrebbe fatto impazzire.

* * *

Seduto comodamente sul divanetto del terrazzo, mangiavo il mio sandwich, osservando Zoe godersi ogni boccone che entrava nella sua bocca.

Non era la prima volta che mangiavamo insieme nella Suite, ma c'era sempre stato quel muro di freddezza a dividerci e lei non era mai stata così a suo agio. Invece ora, era lì, di fronte a me, con indosso una delle magliette che usavo per correre, solo quella.

Sotto quel poco cotone era nuda, accessibile, pronta per me.

Mi bastò quel pensiero a farmi eccitare di nuovo.

Bevvi un sorso di birra distogliendo lo sguardo da Zoe, se non avessi spento i miei bollori le sarei volato addosso. Avrei alzato quella maglia che le arrivava a metà coscia e avrei mangiato l'unico dessert degno di questo nome.

Le avrei lambito il centro del suo piacere, avrei leccato e succhiato ogni piega, mi sarei cibato di lei, senza mai esserne sazio.

Zoe non mi bastava mai.

Ero certo che sarebbe stato così per sempre, più ne avevo e più ne volevo. Quei quattro anni senza di lei erano stati un'agonia. Avevo cercato di colmare quella voragine che sentivo nel petto sollazzandomi con ogni avvenente signorina, rigorosamente mora, che incontravo. Ero solito prenderle da dietro, oppure, be' mi piaceva farmelo succhiare.

Lo facevo per avere l'illusione di un attimo.

Sì perché per pochi istanti, tornavo alla mia Suite del Mandarin Hotel o al monolocale della mia piccola Zoe. Per qualche momento fingevo ci fosse lei con me e non l'ennesima ragazza troppo facile che mi ero portato in uno degli appartamenti della mia azienda.

Era tutto effimero e quando la realtà ripiombava violenta su di me, mi sentivo perso. Riaprivo gli occhi e la ragazza di fronte a me era sbagliata, volgare e assolutamente fuori luogo. Ma continuavo così, ogni volta che la mancanza di Zoe si faceva più forte cercavo qualcuna che avesse anche solo una cosa in comune con lei e non mi rendevo conto che più andavo avanti in quella direzione, più la voragine si ampliava.

Più ero perduto.

Avevo vissuto nella menzogna per quattro lunghi anni, ma ora tutto era cambiato, mi ero ritrovato.

Avevo ritrovato lei.

«Quando rientri a New York?»

La sua voce mi riportò al presente, scacciando via fatti ormai lontani.

«Cosa mi hai chiesto?»

Le sue labbra si tirarono in un sorriso. «Non mi stavi ascoltando?»

«No.» Ammisi. «Ma stavo pensando a come le mie mani starebbero bene ora, sul tuo corpo, al posto di quell'insignificante maglietta.»

«Ma è tua questa maglia…»

«Già, ma anche quello che ci sta sotto è mio.» Mi passai la lingua sul labbro superiore. «E io ho bisogno di toccarti, Zoe…»

«Andrew, mi toccherai quando avremo finito di parlare.»

Mi lasciai cadere sulla sedia, totalmente esasperato. «Zoe mi stai portando al limite.»

«Pensa a quanto sarà intenso perderti in me dopo questa lunga attesa.» Ammiccò

«Non mi stai facilitando le cose.» Obbiettai.

«Dài, sei stato senza tutto questo per quattro anni, cosa vuoi che siano un paio d'ore?» Asserì malefica allungando le gambe, dandomi così più visuale sulle sue cosce nude.

«Sei diventata perfida.»

Dalla sua bocca uscì una risata cristallina che ebbe il potere di scaldarmi il cuore. «Direi che un pochino te lo meriti, no?» Chiese inclinando la testa. «Ora, vuoi dirmi quando hai intenzione di rientrare a New York?»

Mi misi il più comodo possibile, la guardai attentamente per non perdere nessuna sua reazione. «Mai.»

«Come?» domandò, restando con la bocca spalancata.

«Hai sentito piccola, mai.» Ribadii serio.

«Non capisco… come…»

«Ho ceduto le mie quote a Kristen e Brian.»

«Hai mollato il tuo lavoro?» Chiese incredula.

«Sì piccola.»

«Ma perché? Non te lo avrei mai chiesto.»

«Semplicemente perché voglio stare con te e con Olivia. Ogni sera voglio mettere Olly a letto e raccontarle una favola. Voglio accompagnarla a scuola, poi passeggiare con lei nel parco. Non voglio dovermi preoccupare che il mio lavoro m'impedisca di esserci il giorno del suo compleanno o alla vigilia di Natale.»

«Oh, Andrew…»

Mi avvicinai a lei, posando una mano sulla sua guancia. «Voglio che io sia l'ultima cosa che i tuoi occhi vedano *ogni notte* prima di addormentarti e la prima appena ti svegli *ogni mattina.*» I suoi occhi erano ricolmi di lacrime. «Voglio poter fare l'amore con te ogni volta che lo desidero ed esserci ogni volta che tu lo desideri…» La mano scese sul suo collo e la sentii fremere. «Voglio potermi perdere in te, assaggiarti, divorarti. Quando, dove e come voglio.» Le accarezzai il seno da sopra la maglietta e le scappò un piccolo gemito. «Voglio te, sempre e per sempre.»

«Andrew…» Ansimò buttando la testa all'indietro mentre le mie mani scivolarono sotto la maglietta, percorrendo la sua pelle calda.

«Dimmi piccola.»

Allargò le gambe, come ad invitarmi a prendere di più ma le mie mani non scesero, restarono ferme sul suo seno a stuzzicarle i capezzoli.

«Ti voglio…» La sua era un preghiera.

Fermai le mani. «Ma come piccola, non volevi parlare?»

«Prendimi Andrew… ora!»

Non me lo feci ripetere due volte.

* * *

Me ne stavo disteso sul letto con le palpebre chiuse e le orecchie attente ad ascoltare il suono più bello del mondo: il respiro di Zoe.

Inclinai la testa verso di lei e aprii gli occhi, nutrendomi della sua immagine. Dormiva su un fianco, le mani sotto il cuscino, la bocca leggermente aperta, le guance rosee e una piccola ciocca di capelli le copriva un poco la fronte.

Come poteva un uomo desiderare di più?

Cosa c'era di meglio nella vita, se non svegliarsi e vedere la donna della tua vita che ti dorme accanto?

Guardarla rendeva il mio cuore leggero, non sentivo più la mancanza di nulla, avevo tutto ciò che desideravo davvero: la mia donna.

Sapevo esattamente ciò che dovevo fare, quella stessa sera avremmo parlato a Olly e poi non mi sarei più allontanato dalle mie ragazze.

Mai più.

Feci tutto come avevo previsto; mentre Zoe dormiva beata, mi lavai, aspettai la colazione e chiesi al cameriere di preparare in terrazzo. Tutto doveva essere come avevo immaginato.

Tornai nella camera da letto e mi appoggiai allo stipite della porta ad ammirarla ancora una volta.

17

Mi stiracchiai piano allungando una mano alla mia sinistra, ma sentii il letto freddo. Di scatto aprii gli occhi e lo vidi.

Appoggiato con la spalla allo stipite della porta, Andrew mi stava fissando con uno strano ghigno dipinto sulle labbra.

Sbadigliai e gli sorrisi di rimando.

«Buongiorno.» Sbiascicai con la bocca ancora impastata dal sonno.

«Ciao piccola.»

Era bellissimo, i capelli neri luccicavano alla luce del sole e i suoi occhi sembravano due pozze d'acqua cristallina.

«Che ore sono?» Domandai mettendomi a sedere.

«Le sette e dieci, devi scappare?» C'era dell'incertezza nella sua voce, per la prima volta lo sentivo insicuro, umano.

«No, Olly va al centro estivo con Alys.» Scalciai via le lenzuola e rimasi nuda sotto il suo sguardo. «E non devo essere al Café prima delle undici.»

Il mio tono era allusivo e notai come la saliva scese a fatica giù per la sua gola. La mia idea era di farlo tornare al mio fianco e fare l'amore con lui, lo volevo ancora, sentivo un vuoto lungo quattro anni che doveva essere colmato il prima possibile.

Si passò le mani fra i capelli respirando profondamente e per un secondo mi tornò alla mente quella mattina in cui il mio cuore si spezzò, ma quello che avevo ora davanti era un uomo totalmente diverso. Il muro che aveva eretto negli anni era crollato, lasciandomi entrare e se possibile farmelo amare ancora di più.

Lentamente si avvicinò, passandomi una vestaglia dell'hotel.

«Vestiti piccola.»

Lo guardai perplessa. «Mi stai rifiutando?»

Rise, tenendo il braccio teso verso di me. «Vestiti…»

Il tono era dolce ma non ammetteva repliche. «È il tuo personale modo di punirmi perché ieri sera ho voluto parlare?» Chiesi mettendo addosso quel pezzo di stoffa.

«Può darsi.» Prese la mia mano e mi attirò a sé, stringendomi forte e baciandomi i capelli. «Ora, Zoe, andiamo a fare colazione.»

Con un movimento veloce mi prese in braccio, lasciandomi sorpresa da quel gesto e io gli allacciai le braccia dietro al collo posando la testa sulla sua spalla.

«Questo sì che è un trattamento da principessa.» Osservai mentre mi inebriavo del suo odore.

«Direi più regina…»

«Quindi tu saresti il mio Re?»

Sogghignò. «Una specie.»

«Oh, be' mi piace mol…» Ma ogni parola mi morì in gola.

Lo spettacolo che trovai in terrazzo mi lasciò letteralmente senza fiato.

La tavola imbandita di ogni prelibatezza, fiori freschi ovunque, era tutto perfetto.

Mi fece sedere sul divanetto accomodandosi al mio fianco.

Gli occhi gli brillavano di una strana luce che sapeva tanto di felicità e nell'accorgermene il cuore ebbe un sussulto.

«Andrew?» Lo richiamai piano abbozzando un sorriso. Per un attimo si era perso in un mondo tutto suo.

«Zoe?»

Mi strinsi nelle spalle, doveva dirmi qualcosa, lo intuivo dalla piega delle labbra. Così attesi che si decidesse a smettere di torturarmi.

«Sono arrivato a una conclusione.» Rivelò quasi sussurrando. «Sai, quando passi la vita a viaggiare, a stare lontano da casa, a conoscere mille persone, impari tante cose...» Annuii con il respiro un po' instabile.

Io e Andrew non avevamo avuto molte opportunità di affrontare discorsi seri, non ne avevamo avuto nemmeno il tempo, e nelle ultime ore stavamo recuperando tutto ciò di cui non avevamo mai discusso, perciò un po' mi spaventava.

«Impari le lingue.» Ridacchiò. «Capisci che spesso la gente che ti è intorno mente, ma soprattutto capisci realmente l'importanza della parola "casa".» Si leccò le labbra. «Ed io finalmente ho capito questo significato. Tu e Olivia, per me siete casa, Zoe. Siete il mio punto di arrivo, la chiusura del mio cerchio. Perciò... ti voglio sposare. Voglio che tu diventi mia moglie, che tu sia mia per sempre. »

«Oh...» Fu tutto quello che riuscii a pronunciare. Il cuore mi salì in gola, ebbi la sensazione di soffocare.

«Non è proprio la reazione che speravo di ottenere.» Lo disse senza mai smettere di sorridere e guardandomi come se fossi la cosa più bella che avesse mai visto.

Ora sì che lo vedevo davvero.

«Io…» Gli presi le mani e puntai i miei occhi nei suoi. «È successo tutto così velocemente che stento a credere che stia davvero accadendo. Ma c'è una cosa che non ho mai smesso di volere.» Mi feci più vicina con il viso, portando le mie labbra a un centimetro da quelle di lui. «Voglio te. Per sempre»

Appoggiò la fronte alla mia. «Questo è un sì?» Alitò piano.

«È sempre stato sì.»

Mi divorò le labbra nello stesso modo in cui lo fece quella prima volta nel mio piccolo monolocale. L'unica cosa a differenziarlo da quello di allora, era quel retrogusto di salato. Non mi ero resa conto che le lacrime avevano iniziato a scendere copiose.

«Zoe, tutto bene?» Domandò cercando di asciugare le mie stille con i pollici.

«Sì, sono solo molto felice.»

«Lo sono anch'io.» Asserì. «Ora però devi mangiare.»

«Io pensavo di festeggiare il nostro fidanzamento…»

«Prendi il Cupcakes Zoe.» Disse indicandomi il mio piatto.

Non avevo voglia di obbiettare, volevo solo averlo dentro di me il prima possibile. Così lo accontentai, afferrai il dolce al cioccolato, e…

«Questo è l'anello di mia madre, come hai fatto?»

«Alys, lo ha recuperato lei. Alla fine non è poi così male.» Parlò con disinvoltura, ma era visibilmente teso.

«Lo so è la mia migliore amica.»

«Già.» Riportò l'attenzione all'anello di mia madre. «La montatura è la stessa, ho fatto sostituire il diamante e con quello vecchio ho fatto fare un pendente per Olly.» Ricominciai a piangere nell'esatto momento in cui me lo infilò al dito.

«Mi hai detto che non hai mai visto un uomo guardare una donna come tuo padre faceva con tua madre. Io ti dico: guarda bene i miei occhi quando sono posati su di te»

«Oh, Andrew…» Gli buttai le braccia al collo. «Ti amo»

«Anche io piccola, ma c'è un'altra cosa.»

«Mi devo preoccupare? Il tuo tono è cambiato.»

«No, è che ho fatto una cosa, che non so se ti piacerà…»

Ecco, sembrava tutto troppo bello per essere vero, e il terrore che qualcosa potesse offuscare quella che avrebbe dovuto essere la giornata più bella della mia vita, m'innervosì.

«Parla Andrew!» Lo incitai.

«Ho comprato una casa.»

Scossi la testa pensando di non aver capito. «Che hai fatto?»

«Ho comprato una casa.»

«Per te?»

«No, non per me. O meglio non solo per me… per noi.»

«Una casa…» Ripetei.

«Non proprio una casa…» Prese un grande respiro. «Ho acquistato la casa dei tuoi genitori.»

In quel momento capii, che in qualche modo tutto stava tornando al proprio posto.

Epilogo.

San Francisco, 08.07.2018.

Seduta sugli scalini del portico della mia bellissima casa, osservavo Olivia tuffarsi senza sosta nella nostra nuova piscina. Da quando l'avevamo fatta installare passava i suoi pomeriggi immersa nell'acqua fresca e arrivava all'ora di cena esausta.

Da quando avevo allentato con il lavoro, un paio di anni prima, godevo a pieno della possibilità di passare molto più tempo con lei.

Portai il bicchiere di limonata alle labbra e sorrisi ripensando a tutti gli avvenimenti che si erano susseguiti negli ultimi quattro anni. Le cose erano andate bene, meglio del previsto, l'attività viaggiava alla grande, Olivia stava bene, e Andrew…

Lui si era rivelato diverso.

Nel nostro primo anno insieme non ero riuscita a conoscere davvero il ragazzo che c'era in lui, avevo solo visto l'uomo d'affari e l'amante instancabile.

Sull'ultimo punto non era per niente cambiato, anzi, ogni volta era travolgente e assolutamente pazzesca.

Il sesso era la costante nella nostra vita, non c'era neppure un angolo della nostra casa che non avevamo provato e una volta ogni due settimane, lasciavamo Olly con Josy e Mag, rinchiudendoci poi nella Suite del Mandarin Oriental.

Dove tutto era cominciato.

«Mamma, guarda!»

Olivia mi chiamò mentre stava per tuffarsi e quando riemerse dall'acqua le sorrisi agitando la mano.

Ancora ricordavo la sera in cui io e Andrew l'avevamo informata della verità

Quella sera io ed Andrew entrammo insieme in casa, ma lui non riuscì a fare più di due passi oltre la soglia, che Olivia come un vero e proprio terremoto gli corse incontro buttandogli le braccia al collo.

«Andew sei tonnato!»

Lui ricambiò l'abbraccio stringendola forte a sé.

«Sì, principessa.» Le diede un bacio sulla testa. «Scusa se sono stato via tanto, ma ho dovuto sistemare delle cose.» Mi lanciò un'occhiata nervosa e io gli sorrisi di rimando, cercando di fargli capire che sarebbe andato tutto bene.

Pagai Jenny, rimanendo d'accordo che ci saremmo sentite e una volta rimasti solo noi tre, presi in mano la situazione.

«Olly amore, siediti.» Le dissi dolcemente. «Io e Andrew dobbiamo parlarti.»

Lei guardò prima lui e poi me, con lo sguardo dell'innocenza.

«Mangi con me e mamma, Andew?»

Andrew Annuì. «Prima la mamma deve dirti qualcosa di molto importante.»

Olivia si sedette sul divano. «Sposi la mia mamma?» Domandò, facendomi quasi strozzare. Andrew fece fatica a mantenere un minimo di serietà.

«Sì.» *Era inutile girare troppo intorno alla cosa, era piccola e dovevo spiegarlo con semplicità.* «Io e Andrew ci sposiamo.»

Batté la manine con un entusiasmo mai visto. «Tu sei il mio papà, veo? Sei tonnato!»

Si alzò velocemente dalla sedia e si ributtò addosso a Andrew che era piegato su un ginocchio e preso di sorpresa cadde all'indietro sulla schiena con Olivia che lo stringeva forte.

«Sei il mio papà!»

«Sì, principessa sono il tuo papà.» *La sua voce era rotta dall'emozione, potei giurare di aver intravisto anche una lacrima solcare il suo viso.*

«Sei tonnato! E non vai più via?»

«No, amore no.»

«Lo sapevo! Abbiamo gli stessi occhi papà!»

Rimasero abbracciati, sdraiati sul pavimento per non so quanto tempo, mentre io li guardavo con totale adorazione, erano perfetti.

La mia famiglia.

«Ehi!»

Sobbalzai sentendo una voce alle mie spalle.

«Mi hai spaventata Alys!» La redarguii scherzosamente.

Sbuffò sedendosi accanto a me. «Sei diventata noiosa, sai? Trovo quasi più simpatico tuo marito.»

«Anche io preferisco tuo marito.» Le riposi alzando un sopracciglio.

Mi diede una spallata. «Non vale! E poi non è ancora mio marito.»

«Già, è sempre in tempo a cambiare idea.»

«Sei una pessima damigella d'onore!» Esclamò. «Ma dimmi, hai già parlato con Andrew?»

Posai il bicchiere e voltai il capo nella sua direzione. «Quando rientra stasera, glielo dico.»

«Dirmi cosa, Zoe?»

Entrambe ci girammo verso di lui, che stava sulla soglia della portafinestra che dava sul portico.

«Ciao papà!» Urlò Olly dalla piscina.

Lui sorrise e mosse la mano. «Ciao principessa!»

Alys saettò lo sguardo tra me e lui, poi si alzò parlando a entrambi. «Bado io a Olivia. Voi è meglio se entrate a parlare...»

Annuii e raggiunsi Andrew prendendolo per mano e portandolo in casa. Sentivo il suo sguardo perforarmi la schiena.

«Siediti amore.» Gli dissi cercando di controllare il tono della mia voce.

Lui non rispose e fece esattamente come gli avevo chiesto.

Mi misi davanti a lui e gli presi le mani, l'anello appartenuto a mia madre luccicò al mio anulare, stretto alla fede del matrimonio.

Presi un respiro profondo. «Ti amo, lo sai.»

Andrew annuì un po' incerto.

«Amo tutto della nostra vita. Adoro come ti prendi cura di noi, apprezzo il fatto che nonostante tutti i soldi che possiedi...»

«Possediamo.» Interruppe il mio discorso guardandomi fisso negli occhi.

«Certo, che nonostante i soldi che possediamo, non abbiamo mutato il nostro stile di vita. Mi piace il modo in cui ti occupi del *Café*...»

«Quando arriva la parte in cui mi dici che impazzisci quando ti faccio venire?» Domandò alzando un sopracciglio.

«Sto cercando di fare un discorso serio.»

Sbuffò. «Sai che averti così vicino mi fa sempre uscire di testa e poi... le tue tette!» Sembrò colto da un'illuminazione divina. «Sono enormi.»

«Andrew...» Stava rendendo tutto più complicato. «A volte sembri un bambino! Fammi finire.»

«Ok!»

«Bene. Stavo dicendo, amo e adoro tutto quello che abbiamo. Ma ho un rimpianto...»

Il suo respirò accelerò e io gli strinsi più forte le mani per fargli capire che non doveva preoccuparsi. «Otto anni fa ti ho negato una delle cose più importanti della vita di un uomo.»

Sgranò gli occhi sorpreso. «Zoe, cosa?»

«Aspettiamo un bambino!»

«Sei incinta?» Chiese con un'espressione che non gli avevo mai visto.

«Sì, amore!»

«Quando lo hai saputo?»

«Ho fatto il test stamattina.»

«Il tuo seno...»

«Già!» Confermai.

Si passò le mani fra i capelli. «Avremo un altro figlio...» Disse più a se stesso che a me.

Poi le sue braccia mi afferrarono stringendomi a sé e baciandomi con una delicatezza insolita.

«Pensavo di aver già raggiunto il massimo della felicità, e invece...» Sorrise sulle mie labbra e posò una mano sul mio ventre. «Un altro figlio.»

«Sei felice?» Gli domandai sfregando il naso con il suo.

«Non posso spiegarti come mi sento. Dio, sono totalmente al settimo cielo.»

«Anch'io...»

«Zoe...» Sussurrò il mio nome piano. «Ti amo»

«Ti amo anche io.»

Mi baciò, tenendomi tra le braccia.

La cosa che mi scaldò il cuore fu che in quel momento, tra le mura della casa che mi aveva visto crescere, mi sembrò di sentire la presenza dei miei genitori.

Anzi ne era una sensazione, ma una certezza.

Abbracciai Andrew e sorrisi sulla sua spalla guardando quell'ambiente familiare e sentendo la gioia dei ricordi che riecheggiava intorno a noi e che non sarebbe mai svanita, anzi, al contrario, io, mio marito, Olivia e il bambino in arrivo avremmo continuato a perpetuare quella gioia all'infinito.

E tutto sarebbe andato bene.

Per sempre.

Indice

21539872R00127

Printed in Great Britain
by Amazon